De partir de rien,
là est notre destinée

Aurélie Payard

De partir de rien, là est notre destinée

Roman

LE LYS BLEU
ÉDITIONS

ISBN : 979-10-422-2843-9

Chapitre 1
Ombre et lumière en parfaite symbiose

Enfant, il aimait jouer au bord des routes pour sentir la vitesse des voitures le frôler. Personne ne se souciait de ce qui pouvait lui arriver et c'était tant mieux, car il pouvait vivre ses aventures de « super Héroïnes » comme il aimait les appeler.

Elle, par contre elle était attachée aux bonnes manières inculquées par sa famille, elle voulait leur faire plaisir, car elle voyait que cela leur tenait à cœur.

Elle voyait qu'ils se démenaient pour elle pour qu'elle puisse avoir une belle place dans la société. Ils voulaient son « bonheur », sa « sécurité ».

Lui et elle, deux enfants qui ne se rencontreront jamais et qui ont dans le cœur le même espoir, grandir à partir de rien.

Oui, rien ni personne. Cela peut paraître fou, car sans rien tu te sentirais démuni, n'est-ce pas ?

Personne pour te consoler ou t'apprendre à faire tes lacets. Personne pour te donner de l'amour ou de la nourriture.

Un lieu de vie confortable et chaud où tu peux te reposer, « Ta maison ».

Que ferais-tu si demain tu te réveillais et que tu étais ici sur terre pour la première fois ? TON PREMIER regard ? SANS RIEN autour de toi ?

Tu paniquerais tu penses ?

Pas de téléphone à prendre au réveil, ou maman ou chéri pour te dire combien tu es importante…

Assieds-toi un instant devant cette vision, que rien n'existe.

Intéressant n'est-ce pas ? Où vas-tu fuir et refermer ce livre, vas-tu fuir cette possibilité ?

Julie est cette enfant ci-dessus qui par amour pour sa famille va se résigner à leur rendre leur amour en leur faisant plaisir, en répondant toute sa vie à leurs espoirs et leurs craintes.

Ben, lui, ne pourra jamais se fourvoyer, jamais. Cet enfant qui longeait les routes pour ressentir l'adrénaline de la vie ne pourra jamais se plier à autre chose que ce qui l'appelle en lui et rien d'autre.

Elle était la lumière du soleil, lui l'ombre de la lune.

Quand il eut fini ses études de marketing, il prit le chemin de la Marine dans l'idée de s'immerger lui-même sous les océans, il avait envie sans cesse de se jeter dans ces tréfonds pour entendre ne serait-ce qu'un son, un chant d'un autre monde bien plus accueillant qu'il n'avait connu auparavant.

Il a grandi oui, mais au fond de lui, l'idée de rester cet enfant intrépide ne le quitta jamais.

« Honte à celui qui ose rejeter l'imagination de ce grand fou. » Voilà ce que disait sa grand-mère à tous les passants en parlant de ce jeune au cœur vaillant et solitaire.

Julie, elle rêvait en douce de piloter des avions la nuit, pour voir scintiller les étoiles et de créer un espace de jour pour accueillir les enfants démunis.

Tout ceci avait fait son chemin au fil des années, mais la gentille Juju a suivi les recommandations de son adorable maman. Être une bien bonne épouse.

***

Mercredi 10 juillet 2023

Julie a épousé son fiancé Grégory.

La cérémonie était digne d'un conte de fées. Tout était réussi, magnifique.

Toutes les personnes que Julie aimait de tout son cœur étaient présentes.

Bizarrement aucun stress, aucune hostilité, rien que de l'amour.

TOUT avait été parfaitement orchestré.

Le bonheur était là.

Ils dansèrent toute la nuit en chantant et riant avec du champagne et des confettis.

Julie et Ben avaient choisi leur chemin, ils avaient **23 ans.**

Chapitre 2
Utopie de deux mondes

Julie retrouve une amie à un café du centre-ville.

— Bien que je sois quelqu'un de raisonnable, je ne pense pas vouloir vivre toute ma vie entre ces quatre murs pour faire plaisir à Greg, il pense que la vie de couple se résume à parler d'une construction d'une vie faite de partages et puis c'est tout.

— Euuuh. j'ai du mal à te suivre ma chérie. Bah oui réveille-toi c'est ça une vie de couple, rétorqua Angélique.

— Bien bien bien, je vais devoir suivre ses envies et lui les miennes ?

— Mais je ne comprends pas ce qu'il t'arrive, tu es en couple avec lui depuis 7 ans et c'est ce que tu vivais avant en fait ?

— Oui, mais vois-tu maintenant que nous sommes mariés, que nous vivons ensemble…

Elle fut interrompue par un homme au même moment.

— Excusez-moi mesdemoiselles, vous sauriez m'indiquer la route pour aller au concert des Maroon Five.

— Quoi ? Il y a LE CONCERT des Maroon Five CE soir ? cria Angélique.

L'homme se mit à rire et lui répondit que oui c'était bien le sujet de sa demande.

Julie, elle, était ailleurs… très loin d'ailleurs, peut-être même trop loin…

— Ma Juju viens on va au concert aussi s'il te plaît !

— Non, rends-toi compte, déjà nous n'avons pas de billets, il doit être complet en plus.

— Bon, je ne regarde même pas alors ?

— Si toi tu veux y aller, vas-y moi je crois que j'ai besoin d'être seule.

— Nan bah quand même, je vois bien que tu as besoin de parler je vais rester avec toi. Tu disais ?

— Non t'inquiète, je vais aller régler (aussitôt Angélique se leva pour interpeller l'homme qui avait demandé sa route pour s'empresser de l'accompagner).

— Ok…

— Merci ma Juju. À plus.

— Oui à plus.

Elle mit un moment à regarder la scène se dérouler sous ses yeux, puis se leva pour aller payer la note.

Elle respira, enfila son plus beau sourire comme disait toujours sa mère. Une phrase que vous connaissez sûrement vous aussi.

Elle sortit du café et à un moment se retourna pour regarder un instant la scène, tous ces gens, elle fit un arrêt sur image. Elle eut une impression de retrait à ce moment précis. Un étrange sentiment de liberté et en même temps de confusion.

Ben, lui de son côté, toujours à l'affût de sa part d'ombre, il aimait à découvrir le noir de la vie. Il trouvait cela jouissif de jouer avec la mort comme il le faisait.

Il se disait toujours que la mort ne voulait pas de lui alors que lui ne voulait pas de la vie.

Il cherchait toujours à gratter là où personne d'autre ne voulait aller par peur justement de prendre des risques de se faire mal. Pour lui, se faire mal c'était ressentir quelque chose, il aimait ça ; c'était sa nourriture à lui.

Il regardait les gens avec dédain pour les faire rugir. La plupart du temps les gens baissaient la tête, ils avaient peur de lui. Peur de la mort surtout.

Naviguer sur la mer le rendait nostalgique de sa vie passée, anxieux de sa vie future.

Il n'avait aucun désir réellement comme la plupart des humains d'ailleurs.

Il rejetait le conformisme, les règles qui le soumettraient à jouer un rôle qui n'était pas digne de lui.

Il passait son temps à lire du machiavel dans la nuit, le jour lui piquait les yeux.

Sa mission ne tarderait pas à prendre fin, car la discipline de ce métier ne lui convenait pas.

Il avait toujours choisi sa destinée, rien ne lui faisait peur, rien ne le retenait.

Il se demandait surtout pourquoi il était sur terre. Il n'aimait pas le cinéma qui y avait lieu.

Il ne prenait aucun plaisir à passer du temps avec des gens qui ne pensaient à rien d'autre qu'exécuter le bon vouloir de la société. Personne ne l'intéressait en réalité, car personne n'était réellement lui-même. Pour lui les gens répétaient ce qu'ils avaient entendu pour paraître intelligents et écouter papa, maman pour avoir une place bien formatée dans le monde de tout à chacun.

Pour lui personne ne savait ce qu'était vraiment la vie, d'où sa fascination pour la mort.

La mort le faisait jubiler, car les gens la voient d'une façon néfaste alors qu'elle est naturelle et saine. Elle n'ôte la vie de personne vu qu'elle offre simplement un passage vers d'autres mondes.

Être intelligent dans ce monde était source d'ennuis pour lui, alors il jouait avec son ombre, car il n'avait jamais encore rencontré sa lumière.

Chapitre 3
Tout se bouscule

Julie annonça à sa famille qu'elle voulait quitter Greg, quelle nouvelle désastreuse pour une famille qui dénigre le divorce !

Elle fit mine que son conjoint la traitait mal pour faire passer la pilule plus facilement, mais cela était une fausse façon de dévoiler la vérité sur elle-même. C'était elle qui se maltraitait depuis le mariage.

Elle a, depuis ce jour, perdu une étincelle en elle. Elle ne sait comment l'expliquer.

Auparavant, elle suivait la ligne que ses parents avaient construite pour elle, tout allait bien, car elle pouvait quand même briller d'elle-même et elle faisait cela par amour pour ses parents qu'elle chérissait tant. Mais là, le fait d'avoir quitté le nid familial pour vivre avec son mari avait donné une tout autre directive à sa vie.

Elle était habituée à ce que sa famille décide tout pour elle et là, face à ce conjoint qui voulait partager sa vie, elle ne savait pas quoi dire. Elle n'avait jamais été livrée à elle-même. À choisir pour elle, ou à choisir pour lui ?

Elle est sortie avec Gregory à l'adolescence et tout est allé si vite. Elle se sentait bien avec lui, il était gentil. Il l'aimait, mais elle se demandait si du coup elle devait répondre à ce que lui voulait comme femme ou si elle pouvait suivre ses propres désirs ou écouter encore ses parents sur l'image de la femme qu'elle devait être.

Tout ceci lui donna la nausée. Ce tourbillon qui se mit à tourner en elle… lui fit tomber dans les pommes.

— Julie ? Julie ? Ma chérie ? Hervé va chercher de l'eau, tu vois bien qu'elle ne va pas bien.

Julie ouvrit les yeux et demanda ce qu'il s'était passé…

Sa mère lui répondit, étonnée :

— Tu as fait un malaise ma chérie, as-tu bien déjeuné ce matin ?

— Oui, comme toujours, j'ai bu mon pamplemousse et mangé des barres de céréales.

— Alors, dis-moi ma chérie, tu as dit que tu veux quitter Gregory et après pouf tu t'es évanouie, tu vois que ce n'est pas ce que tu veux en réalité…

— Je… si. Je ne lui ai pas dit encore, j'attends le bon moment.

— Ma fille adorée veut divorcer je ne vais pas tolérer ça jeune fille, personne ne divorce dans notre famille, la honte…

— Hervé, je t'en prie, calme-toi. Ce n'est pas sérieux, tu vois bien… ça arrive à tout le monde des moments de fatigue, on ne se sépare pas des gens que l'on aime pour autant.

— Maman, Papa, je pense que…

— Elle pense que, nous voilà bien… à chaque fois que tu penses, ce ne sont que des fantaisies qui sortent de ta bouche qui ne te mèneront nulle part.

— Ma chérie n'écoute pas ton père, bois ce verre d'eau.

— Je vais rentrer chez moi c'est mieux.

Je voulais vous prévenir avant de ma décision pour vous éviter une mauvaise surprise. BREF :

— À Bientôt !

Elle sortit, respira l'air de dehors. Elle était dépitée. Que faire ?

Elle avait de la peine à l'idée de faire de la peine à sa famille, elle ne voulait surtout pas que la honte montre le bout de son nez dans leur demeure si noble et chaleureuse.

Elle se dit qu'elle s'était laissée porter par les événements, tout était merveilleux, mais quelque chose en elle n'allait plus. Elle avait pris conscience qu'elle n'avait jamais vécu sa vie à elle.

Elle marchait, ne savait pas quoi faire… s'asseyait et repensait au fait que si elle se levait demain et qu'il n'y avait plus rien. Que ferait-elle ?

***

Le lendemain matin elle se leva et alla acheter un bébé labrador.

Voilà c'est fait, j'ai agi pour moi pour la première fois de ma vie. J'ai toujours voulu avoir mon chien labrador, mon compagnon et mes parents ne voulaient pas. Cette fois-ci, j'ai agi comme une grande sans demander l'accord à qui… han, mais Greg ! Je ne sais même pas s'il aime les chiens et s'il veut avoir un chien à la maison… ohlalaa qu'est-ce que j'ai fait ?

Elle regardait son petit chiot d'amour dans ses bras avec les yeux ronds et puis il eut suffi que Croki (oui elle lui avait donné ce prénom instinctivement, étant à croquer bref) la regardât et pouf la panique s'envolait.

Après tout, je fais ce que je veux, c'est bon. Elle fit tout pour se convaincre alors qu'elle savait que la coutume voulait que l'on demande à son partenaire avant.

Zut, elle se gratta le cou…

— OOOHH regarde maman, la dame, elle a un joli petit chien dans ses bras, je veux le même, mamaaaan.

Julie regardait l'enfant qui essayait de prendre Croki en tendant ses petits bras.

— Tu es mignon, mais il est encore très petit et comme il fait froid je préfère le laisser sous mon écharpe.

La femme comprit et dit à son enfant de laisser l'animal tranquille.

— Aurevoir joli bébé, dit l'enfant en partant avec sa mère.

Julie regarda l'heure, elle avait rendez-vous pour un entretien de travail.

Elle revint à elle-même en se disant, *que vais-je faire de Croki ?*

Ni une ni deux, elle appela Angélique.

Elle prit son téléphone, composa son numéro.

— OUIII juju ! Ohlala l'autre soir je me suis éclatée…

— Oui Angel, je t'appelle pas longtemps, j'ai un service à te demander.

— Ouiii, dis-moi.

— Je viens d'adopter un chiot trop…

— Quoiiii ? (Elle explose de rire) et Mike y a Julie qui a fait une dinguerie ! Elle a un chien.

— Pourquoi une dinguerie ?

— Bah tu es une maman maintenant, tu as cru quoi c'est pas une peluche le bordel va falloir t'en occuper et en plus tu m'appelles pourquoi ? Pour le garder alors que tu viens juste de le prendre ? MDRRRRR je ne vais pas être la nounou de ton chien.

— Euh, dis comme ça. Écoute c'est juste pour une heure le temps de mon entretien après je ne te demande plus promis.

— Bon tu as plutôt intérêt. Mike va adorer passer du temps avec. Tu passes maintenant, j'imagine.

— Oui, et le truc le plus fou c'est que Greg n'est pas au courant.

Un moment de blanc passa…

— Ohlaha, rigole son amie… tu déconnes ma vieille en ce moment je ne sais pas ce qui t'arrive. La crise de la vingtaine, ça n'existe pas.

— Bon j'arrive. J'ai tout pris croquettes et tout.

— Ok.

De l'autre côté du globe, Ben marche le pas lourd « ivre à vrai dire » pour retrouver sa chambre, le bateau tangue, à droite, à gauche.

— Je vais vomiiiirrrr…

Et son collègue arrive derrière, lui tape dans le dos et lui dit :

— Hey mec. Y a une nana au téléphone pour toi.

— C'est ma mère conno… pas maintenant je vais gerber sur le téléphone.

— Je lui dis quoi moi ?

— Tu lui dis que je travaille c'est simple comme bonjour.

— Wep, j'y vais.

— MERCI FRÉROT.

Ben soupire, désespéré que sa mère continue à l'appeler. Il se dit à ce moment-là qu'elle devrait faire sa vie pour changer. *4 h du mat. Qu'est-ce qu'elle a à me raconter sérieux ?*

— Ben, je crois qu'il s'est passé un truc grave chez toi.

— QUOI ? Comment ça ?

— Ta mère insiste pour que tu prennes l'appel maintenant.

— Putain, toujours au bon moment quand je ne vois même plus clair.

— Bon, vas-y…

Ben prend le combiné.

— Maman !

— Benjamin ?

— Oui le seul et l'unique enfin nan, y en a d'autres des Benjamin.

— Mon cher… je ne sais pas comment te dire ça, surtout par téléphone.

— Bon qui est mort ?

— Personne grand Dieu, comment oses-tu dire cela ?

— Alors… euh il est 4 h du mat… et mon collègue dit que c'est urgent, en mode drama alors accouche merde.

— Ta voix est toute pâteuse… bon d'accord tu l'auras voulu, je te le dis directement sans demi-mesure. Je vais me remarier, voilà.

— Whoa, mais qu'est-ce que j'en ai à foutre, enfin je voulais dire félicitations formidable ça, et papa est invité à ton enterrement de vie de jeune fille ?

***

Il est certain que de vivre à distance de ses proches peut paraître impossible à vivre pour certains, pas pour Ben.

Il en avait marre de ces liens qui l'étouffaient. Que chacun vive sa vie et puis ceci fera la bonne affaire de tout le monde.

Il se dit que sa mère n'en avait rien à faire de lui de toute manière. Annoncer son mariage avec un mec qu'il ne connaît même pas. Quel intérêt ?

Vais-je devoir l'appeler Beau Papa… ? Mais bien sûr… Mon propre père n'a pas été foutu de me parler plus de cinq minutes d'affilée… je vais sûrement avoir plein de choses à lui raconter à lui, cet étranger qui veut épouser ma maman.

Ma maman, à croire que son futur m'intéresse. Alors que je ne saurai même pas me soucier du mien.

Les gens sont tellement égocentriques ma parole… Alors qu'au final tout le monde se fout des uns des autres… donc merci au revoir.

J'ai autre chose à faire. Je ne saurai dire quoi, mais j'ai autre chose à faire c'est tout.

Le monde qui m'entoure se délabre sous mes yeux et j'ai la sensation que mon corps, tout mon être en est le reflet finalement.

Il y a ceux qui détruisent le monde et qui adorent ça, il y a ceux qui en ont complètement rien à foutre et il y a ceux qui savent que l'univers est sacré. Que choisir ? Lol.

Moi tant que l'on me fout la paix, ça me va.

Je suis ce que je suis.

Ils me font limite de la peine enfin ce n'est pas de la peine, mais bon plus un sentiment de… ah ouais d'accord tout ça pour ça ? OK au suivant !

J'aime bien l'idée d'imaginer que demain je me lève et qu'il n'y est plus rien.

On pourrait choisir de nettoyer tout ça et recommencer en sachant qu'avant est démodé, ou n'a plus lieu d'être tout simplement.

Entre ceux qui bloquent sur des périodes du passé et ceux qui s'imaginent dans un monde futuriste, on est bien ouais ouais ouais…

Je vais commencer à me faire un délire si ça continue, je peux être qui je veux après tout.

Je n'ai pas de femme, pas d'enfants. Pourquoi ? Je ne sais pas…

Certainement qu'il y a des personnes pas faites pour cette vie-là. Et ça me va très bien...

Bon je vais peut-être dormir (il regarde son réveil où est affiché 6 h du matin).

Ouais debout dans 1 h super...

***

— De nos jours, il est impossible de divorcer sans que cela paraisse mal ? C'est ça ? Dis-le-moi Angel si je débloque ou quoi ?

— Prends un verre calme toi.

1 h 50 chez Mike.

— Il est temps de sortir, dit-il.

— Non, tu vois bien que nous sommes en crise matrimoniale là bordel.

— Si ça se trouve, il y a Greg qui va débouler ici alors que je lui ai dit que je ne veux plus le voir, j'en peux plus de cette situation.

Croki, viens ici bébé.

— Bon les meufs, si vous ne voulez pas sortir, moi je vais y aller. Soirée Halloween, il va y avoir des sorcières sexy à croquer, allez.

Elles se regardent toutes les deux et se disent après tout pourquoi pas.

— Je vais déposer Croki chez Nina ma tante au passage. Et oui on y va !

— On va où ? rétorqua Angélique.

— Dans la street babyyyy, se mit à sourire d'un ton enjoué Mike.

— J'ai mis du maquillage regarde, je suis Dracula...

— Vous allez sortir comme ça vous ?

Julie et Angélique décident de prendre un drap, se le mettent toutes les deux sur la tête et se mettent à faire bouh.

— Ça y est ? Tu es content ? disent-elles en chœur.

— Hahahaaaa très drôle !

— Tu n'as qu'à aller au Pulp, nous te rejoindrons là-bas.

— Oui on a Croki à déposer, on va se changer et on arrive. Si jamais tu vois Greg, tu ne m'as pas vu okkk ?

— Ok, c'est bon détends-toi la nouille un peu.

— À toute roulure, relança Angel.

Chacun prit son chemin jusqu'à la sortie quand débarqua Greg avec deux jolies citrouilles.

— Mais qui sont ces filles ? TU TE FOUS DE MOI OU QUOI ?

— Nan, mais c'est l'hôpital qui se moque de la brebis, on dit un truc comme ça, je crois.

— Mais tu es bourré en plus ! HAN, MAIS JE VAIS TE MASSACR…

— Arrête Juju, il n'en vaut pas la peine, viens on se casse !

— Mais comment peut-il me faire ça à moi sa femme ? Merde !

Elle décida de le regarder avec mépris et tourna les talons avec son amie.

— Mais quel connard, j'en reviens pas, faire ça ouvertement pour m'humilier publiquement.

— Bah en même temps, on récolte ce que l'on a semé ma grande.

— Pardon ? Tu es mon amie, tu es censée être de mon côté.

— Tu sais que tu dis des conneries, je dis ce que je pense c'est tout.

— Je n'ai rien fait pour mériter ça, en plus tu dis n'importe quoi.

Arrivée devant chez sa tante, en alliant un reflux d'alcool et d'énervement, elle toque.

— TATaaaa, c'est Julie !

— Nan, mais tu plaisantes j'espère, il est plus de 2 h du matin, mince alors.

— J'ai que toi tata, s'il te plaît, me fais pas un fromage. Peux-tu me garder Croki pour cette nuit ? Je reviens demain matin.

— Demain matin, mais bien sûr… Qu'est-ce qui se passe mon chaton ? Je ne te reconnais plus.

— C'est la guerre avec Greg pff ça me dégoûte si tu savais. Bon, il faut que j'y aille, il y a Mike qui nous attend au Pulp et il faut que l'on se déguise pour Halloween.

— Ok ma puce, amuse-toi bien. Et pour Croki je m'en occupe.

— MERCI TATA, à demain je t'aime.

Angel prit sa copine par le bras et lui demanda ce qu'elle comptait faire de son mariage, de sa vie même vu qu'elle s'était fait virer 3 fois en même pas 6 mois.

— Franchement comment veux-tu que je le sache ? Je ne sais pas si tu réalises que **j'ai 24 ans,** mariée à un toquard et même pas de boulot ça craint, ma vie craint !

S'il te plaît, viens on va chez toi on se change et on arrête par pitié de parler de ma vie, j'en peux plus, je veux juste m'amuser ce soir et oublier toutes ces merdes accumulées.

— Ok comme tu voudras ma poule ! Mais sache que ce sera toujours moi la plus sexy de nous deux, dit-elle en lui tirant la langue.

Elles se prirent dans les bras.

— Je suis si heureuse de t'avoir comme amie si tu savais, lui dit Julie émue.

— Allez c'est parti pour les essayages ! Faut qu'on se magne, si ça continue on va arriver à la fermeture.

— COMME SI C'ÉTAIT LA PREMIÈRE FOIS, disent-elles en même temps en chantant.

— Vas-y, je te sers un verre de vodka orange fraise bébé c'est parti. Ça va nous rebooster un coup.

— Et toi tu en es où avec Alexandre ?

— PFIOUUUUUU tu vois l'avion a décollé et a vite atterri… mdrr.

— Grandiose l'image ! Ça n'aura pas duré longtemps, dommage !

— Nan, j'ai pris ce qu'il y avait à prendre c'était cool quand même…

Allez enfile ça, les bottines rouges derrière toi et c'est bon, y a Mike qui va se demander ce que l'on fout.

Elles se regardent et éclatent de rire.

— Mais bien sûr ! Il doit être en train de rouler des pelles à des cadavres ambulants en jupette celui-là.

— Hahahaha !

— C'est bon, tu es prête ?

— Une trace de rouge à lèvres et c'est good pour moi et toi ?

— JE SUIS READY TO GOOOOO.

***

Ben était revenu sur la terre ferme, il se disait qu'il ne pouvait pas rater le mariage de sa mère avec son bel Italiano.

Son père n'appréciera peut-être pas, mais tant pis, il se devait d'être là pour la femme qu'il aime, sa mère.

La cérémonie eut lieu dans une petite église non loin de l'auberge où il a passé la plupart de son temps étant adolescent.

Des vagues de souvenirs remontent à sa mémoire furtivement.

C'est bien pour cela qu'il ne voulait pas revenir d'ailleurs, à chaque fois revenir là où des souvenirs reviennent ça le saoule clairement.

Pas besoin de faire un retour en arrière, une fois ça m'a suffi, merci.
Il se retourne et voit Carole, son ancienne petite amie.

— Salut monsieur le déserteur…

— Oh toi ici ? Qu'est-ce que tu fais là ?

— Si tu te souviens bien, j'ai été ta copine 4 ans, donc oui ta mère m'aime bien.

— Ouais bah tu n'es plus ma copine donc bas les pattes.

— L'expression des années 40, ça ne te réussit pas l'isolement en mer.

— Et toi va t'acheter du dentifrice, ton haleine est fétide.

— Oooooh mon amour tu es arrivé ! s'esclaffa la mère de Benjamin.

Et en plus tu retrouves Carole.

— Oui et je ne retrouve personne, je suis là pour toi c'est tout, dit-il en jetant un regard noir à son ex-copine.

— Bien, merci d'être venu, en plus à l'heure, ça t'a fait du bien l'air marin.

— Nan je sais juste lire une carte d'invitation et c'est pas comme si j'avais envie de m'éterniser ici.

— Tu vas rester ici quelques jours, dis-moi. Fais-moi plaisir, ce sera mon cadeau de mariage.

— Non je reprends un avion demain soir. Je suis là pour le mariage. S'il y a une place pour dormir chez toi, ou sinon j'irai à l'hôtel.

— Tu dis chez toi, mais c'est chez nous, c'est toujours ta maison mon ange.

— Si tu le dis. Bref il est où le mec que tu épouses ?

— AHAHA qu'il est con se mit à rire Carole !

— Ooh un peu de tenue s'il te plaît ma chérie, et toi Ben quand même tu te doutes bien que l'on se voit à la mairie tout à l'heure.

Je file finir de me préparer.

Fais ce qui te fait plaisir en attendant. Tu n'as qu'à déposer tes affaires dans ta chambre. À tout à l'heure mon chéri.

— OK.

Il monte à l'étage sans regarder Carole, leur rupture a été un désastre, il ne veut plus la voir.

Il se sent étranger dans sa maison d'autrefois.

Arrivant devant la porte de sa chambre, il respire, il se souvient encore des fois où il tapait à coup de coups de poing dans la porte pour épargner de frapper quelqu'un.

Il entra et se rendit compte que plus rien n'était là. C'était une pièce vide, complètement vide. Stupéfait, il ferma la porte derrière lui et s'installa au milieu de la pièce.

Il s'assit dans un premier temps, puis s'allongea…

Même les murs avaient été repeints, comme si tout avait été effacé. 18 années ici et tout est blanc comme si rien n'avait eu lieu.

C'est dingue quand on y pense. Une pièce, plusieurs étapes d'une vie.

Si c'est ma chambre et que tout est vide et peint en blanc, peut-être est-ce le symbole de l'étape dans laquelle je suis aujourd'hui.

Il ferma les yeux un instant, prit ses mains sur sa poitrine, se mit à prendre son souffle.

Que vais-je dire à tous ces gens aujourd'hui et jusqu'à demain…

Son téléphone se mit à sonner au même moment.

CHARLES apparaît sur l'écran, son frère aîné.

— Oh non pas lui.

Il répondit :

— QUOI ?

— Ah bah super ! Déjà on dit bonjour quand on est poli, gros con.

Ben raccrocha.

Faut-il que je me coltine toutes ces têtes de cul toute ma vie ?

Il se sentit tout à coup à l'étroit dans la pièce et décida de descendre dehors pour prendre l'air en laissant son téléphone derrière lui.

Il alla s'asseoir sur la balancelle dans le jardin.

Ni une ni deux, sa cousine Éloise se précipita vers lui.

— Coucou toi !

— Oh Elo, waouh tu as grandi, tu es resplendissante.

— Merci Ben, toi tu as l'air… fatigué. On dirait que tu ne t'es pas lavé depuis une semaine.

— Ok cool, nan ça fait 3 semaines en fait…

— Toujours le mot pour rire, tu m'as manqué.

Ils se prirent dans les bras.

Tu vas rester pour les vacances ?

— Non je vais repartir demain.

— Oh dommage, j'aurais aimé te présenter ma fille et mon fiancé.

— Bah écoute ce sera pour une autre fois.

— Ils n'ont pas pu être là aujourd'hui, car mon cher Tommy a une affaire à régler à l'étranger et ma fille est restée chez la nourrice pour que je puisse picoler et faire la fête, j'en ai vraiment besoin là, mais ça reste entre nous.

— Je suis une tombe, je n'ai rien entendu même.

— MERCI, donc on va pouvoir s'amuser ensemble ce soir. Tu es célibataire ? Peut-être que tu vas rencontrer l'amour de ta vie, qui sait ?

— Pitié, épargne-moi les clichés et sers-moi à boire.

— Tu rêves, lève-toi, il y a le bar en face.

— Okkk.

***

Au même moment, Clarisse se présenta à la porte de chez Julie.

Elle sonna et Julie ouvrit la porte la tête dans le brouillard :

— Oh non pas toi !

— Il faut que l'on parle !

— Parler de quoi ? Que tu veux me piquer mon mari ?

— Laisse-moi entrer s'il te plaît ?

— Non, je ne veux pas entendre tes mensonges.

— Bon comme tu veux, je m'en vais.

Julie claqua la porte.

Elle s'assit par terre sous le choc de cette visite surprise.

Elle mit sa main sur son visage pour se ressaisir de cette décharge d'émotions qui l'avaient traversée en un éclair.

Elle se questionna sur Clarisse.

Une soi-disant amie de Greg, mais elle avait vu qu'il y avait plus que ça entre eux.

Pourquoi s'est-il marié avec moi s'il en aimait une autre ?

Elle se précipita aux toilettes pour vomir l'alcool et toute la nourriture ingurgités la veille.

Je sens que cette journée ne va pas me plaire…

Elle ne croyait pas si bien dire.

Après Clarisse, c'est Nina qui tapa à la porte.

— Juliiie c'est tata ! TU n'aurais pas oublié quelque chose ?

— Oh MERDE Croki… Rholalaaa. Cette soirée… j'arrive tata !

Elle ouvrit la porte.

— Nan, mais je rêve ou tu as du vomi dans les cheveux ?

Julie se met à loucher pour essayer de voir, mais rien, elle revient à elle et prend Croki dans ses bras.

— Oh mon gros pépère ! Il grandit si vite mon amour.

— Bah oui, mais tu me fais venir alors que je suis en plein dans ma nouvelle série.

— Bon il a été sage, j'y retourne et s'il te plaît lave-toi tu pues l'alcool et la clope, c'est immonde.

— Mais j'ai déjà pris ma doucheuuuh.

Sa tante partit en dansant, l'air farfelu et ferma la porte derrière elle.

Julie déposa Croki par terre, et alla prendre une nouvelle douche.

Gregory fit une apparition furtive en ouvrant la porte doucement, prit quelques affaires dans sa chambre, prit un morceau de papier d'un carnet et écrivit un mot pour Julie qu'il déposa sur la table de la cuisine et repartit discrètement sans faire de bruit.

Croki le regarda sans dire un mot.

Julie sortit de la douche et ne capta rien du tout.

Encore sous l'effet de l'alcool, elle décida de se vautrer dans son canapé à moitié nue avec sa serviette en mode off complet.

Elle mit son téléphone en mode avion, regarda Croki et lui dit :

— C'est bon, là j'ai eu ma dose.

Croki alla vers la table de la cuisine et sauta en l'air comme pour attraper quelque chose.

— S'il te plaît mon amour d'amour laisse-moi me reposer, ma tête, y a quelqu'un qui fait du tam-tam dedans je t'assure.

Le chien insistait.

— Mais qu'est-ce qu'il y a ? Bon j'arrive.

Elle se leva complètement nue et se dirigea vers la table.

Bon, qu'est-ce que tu veux ? Y a rien à manger là-dessus…

Elle regarda, vit son sac éparpillé, sa carte de crédit, des bonbons et un morceau de papier.

Au début elle ne remarqua pas que ce mot avait été déposé ici par Greg, elle retourna se mettre sur le canapé.

Elle mit un film et s'endormit devant.

***

Chapitre 4
L'envoûtement

Benjamin se demandait pourquoi il était dans cette salle, assis à côté de tante Germaine qui sent la cocotte. Il n'avait plus la patience de bien se tenir en famille, tout ceci le rendait fou.

Il aimait sa famille, car étant enfant il avait passé de bons moments, mais bon au final il ne les connaissait pas et eux non plus le connaissaient pas et ça l'exaspérait.

J'ai envie de partir ce soir, se dit-il. *Je ne vais pas tenir jusqu'à demain.*

Déjà la cérémonie ne m'a pas toucher du tout, c'était même gênant pour moi d'être là.

Son mari ne m'a pas calculé du tout et sa famille pareil.

Pourtant il a l'air sympa cet italien. Il a un bon style je trouve.

Je vais aller discrètement vers ma mère et lui dire que je pars. J'ai moyen d'avoir un train à cette heure-ci.

Pour aller où ? Ça, c'est une autre histoire.

Comment je vais lui dire ? J'invente un truc ou pas ?

Non je ne vais pas mentir à ma mère même si elle ne verrait pas la différence de toute manière.

Allez c'est bon.

Il partait chercher son sac et lui fit signe de sortir au loin.

Elle se précipita vers lui…

— Qu'il y a-t-il mon chéri ? Tu dois partir ?

— Oui, j'ai reçu un appel pour une nouvelle mission.

— Oh ! Je vois.

Elle le serra dans ses bras pour lui donner tout son amour aussi fort qu'elle le pouvait.

— Maman tu m'écrases !

— Oh pardon mon adoré, merci d'être venu aujourd'hui ça compte plus que tu peux l'imaginer. Je t'aime mon chéri. Reviens le plus vite possible. J'ai envie de passer du temps avec toi. Ce n'est plus pareil sans toi.

— C'est mieux…

— Quand vas-tu cesser de voir la vie en noir bon sang ?

— En 2056.

— Haha…

Un cri sonore appelait la mariée pour la jarretière.

— Allez j'y vais, je ne veux pas rater mon train.

Il l'embrassa et lui dit :

— Va t'amuser ! Je t'adore.

Ils se touchèrent la main et prirent chacun leur route.

***

Julie de son côté se réveilla en pleine nuit…

Elle se dit super le décalage enfin… bref elle se leva boire un verre d'eau, puis se rendormit aussi sec.

Ben prit son courage à deux mains et se décida d'aller à la gare à pied, il se dit que même s'il n'y avait pas de trains qu'il préférait dormir à la belle étoile que dans une chambre aseptisée de sa présence.

Il marcha et s'aperçut qu'il était déjà loin de son village et que la gare n'était plus très loin de lui.

Cependant il aperçut une forme. C'était un moulin. Il y fit nuit et se sentit bien avec l'immensité du ciel étoilé et ce moulin qui était là, devant lui.

Il décida de s'installer à cet endroit pour y passer la nuit. Il avait envie de s'arrêter dans sa vie un moment. Sans se demander où aller juste être là dans le silence de cet endroit.

Non, il ne faisait pas froid, tout était bon en ce lieu. L'odeur, la plénitude, le léger vent. Juste lui, la nature et le calme. Il n'avait pas envie de poursuivre la nuit dans le bruit d'une gare ou de voir du monde.

Cet endroit était une bénédiction pour lui. Se sentir bien dans le noir illuminé.

Avec ce moulin qui lui faisait penser à une horloge qui a cessé de tourner.

Le noir est si bon pour me retrouver en moi-même. Je ne comprends pas pourquoi les gens fuient le noir alors que c'est un immense privilège d'y retrouver sa propre flamme et danser avec.

Il était en parfaite complétude dans l'infini de ce moment présent éternel.

***

Le matin fit mine de se lever.

Julie se leva, enfila son pyjama et alla déjeuner.

Elle bâilla et mit sa tartine de beurre sur la table. Celle-ci se colla à un bout de papier et elle trouva ça répugnant.

Elle prit le papier pour le jeter quand elle remarqua l'écriture de Greg dessus.

Mais qu'est-ce que c'est que ça ?

Chère Julie,

Je t'écris ces quelques mots, car je ne peux me résigner à penser que nous allons divorcer.

Je t'ai aimé au premier regard et je t'aimerai jusqu'à mon dernier.

Pour toujours !

Greg

Bien, ni une ni deux, elle prit son téléphone et cliqua sur **Clarisse.**

Elle ne répondit pas.

Julie laissa un message sur sa boîte vocale.

— Oui Clarisse, je pense qu'il est temps que l'on discute. Rejoins-moi au café Nikki à 16 h. J'y serai.

Elle reprit le mot de Greg dans sa main et le mit sur le frigo avec un magnet.

Sur cette lancée elle alla prendre sa douche sans ne plus rien penser.

Juste elle tranquille, dans son moment du quotidien qui lui appartenait à elle et à personne d'autre.

Elle était si bien sous l'eau de sa douche… détendue… mais elle ne savait pas si elle aimait encore Greg en vérité. Elle espérait en savoir plus à sa rencontre avec Clarisse qui lui mit un coup d'adrénaline.

Elle sortit de la douche et là son téléphone sonna : **Maman.**

— Ooohhh, allo ?

— Oui ma chérie c'est maman. As-tu pensé à aller voir dans ta boîte aux lettres autant que tu as reçu une réponse pour ton entretien d'embauche ?

— Bonjour Maman, oui je vais bien merci et toi ?

— Oui ça va ? Et Greg est rentré ?

— Maman je sors à peine de la douche… je peux te rappeler à un autre moment ?

— Cela serait important que tu recolles les morceaux à tout ce bazar. Avec ton père nous avons été patients, mais là ça ne nous amuse pas du tout ton comportement.

— Maman j'ai **24 ans** alors je fais ce que bon me semble que cela vous plaise ou non.

Je ne suis plus votre enfant soumise à vos conditions. Je suis une femme indépendante, mince alors !

Puis elle raccrocha.

Il est loin le temps du malaise, car elle n'osait tenir tête à sa famille.

Tout a changé le jour où ils ont dépassé la limite à ne pas dépasser.

C'était à son anniversaire le 10 août, pour ses **24 ans**. Comme d'habitude, tout était programmé pour elle. La jolie Julie sans défauts qui disait amen à tout s'est envolée ce jour-là.

Trop c'est trop…

Tout se passait à merveille jusqu'à ce que le gâteau arrive… Elle était ravie que tout le monde chantât à tue-tête, Joyeux anniversaire, JOYEUUX ANNIVERSAIREEE.

Quand tout à coup sa mère interrompit tout le monde pour faire une annonce.

Ces mots furent comme un vase qui se brise par terre pour Julie.

Voici ces mots : « Julie est enceinte ! »

Tout le monde s'arrêta d'un coup sec. Julie, prise d'effroi, quitta la pièce.

Greg n'était pas au courant. Elle était restée par dépit avec lui. Étant mariée, elle ne voulait pas que sa famille subisse des jugements. Elle devait assumer son choix marital.

Mais là ce fut la fois de trop.

Comment sa mère avait pu prendre l'initiative de la priver de cette annonce personnelle à son propre mari et aux autres quand elle aurait été prête ?

Elle ne savait même pas si elle voulait garder l'enfant.

À partir de ce jour, elle lâcha prise totalement sur sa façade parfaite de gentille fille à papa et maman.

Elle se sentit trahie par sa mère.

Plus rien ne fut pareil depuis cet événement.

Chapitre 5
Chambre numéro 8

Ben ne voulait plus quitter la terre, le temps sur les océans avait atteint son paroxysme.

Il se mit à penser à être père… pensée étonnante au premier abord.

Mais l'idée d'avoir sa propre tribu le traversa.

Nous nous rendons compte à ce stade de ces histoires qu'une femme qui disait oui à tout se rebelle et un homme qui disait non à tout se range…

Hum hummmm.

Qui sait où tout cela va les mener…

Il arriva (BEN 666) devant un hôtel du sud de la France… Carcassonne.

Maintenant que je suis ici, je vais pouvoir me reposer un peu se dit Ben. *J'ai bossé comme un fou ces dernières années, je mérite un temps de repos personnel.*

Après tout, comme je dois tout faire par moi-même, je m'autorise une courte pause pour me ressourcer. Il doit bien y avoir un bar à proximité (l'alcool m'appelle).

Je sens comme un goût âpre dans ma bouche… l'envie irrésistible d'un bon café plutôt pour commencer la matinée est plus raisonnable.

Il s'avança vers la porte de l'hôtel et demanda au bagagiste qui passait à côté de lui où trouver un café d'ouvert en cette période du 1er novembre.

— Tout est fermé, Monsieur, mais vous avez un petit déjeuner offert vu que vous venez d'arriver, c'est la tradition chez nous pour vous souhaiter la bienvenue chez nous.

— Ah, c'est bien aimable à vous.

— Soit vous préférez le déguster au salon ou que nous venions vous servir à votre chambre pour le savourer en toute intimité.

— Ma chambre, je veux bien merci.

— Quel est votre numéro de chambre Monsieur ?

— Monsieur Prenfort. Numéro 8.

— Très bien, je transmets l'information à l'accueil.

Vous pouvez vous satisfaire d'un petit encas sur la route, il y a des tables sur votre passage avec des pâtisseries et des tasses de thé, café si l'envie se fait trop attendre.

Marguerite, notre boulangère, apprécie offrir ce service sachant que tout le monde a fait la fête cette nuit.

— Vous êtes des personnes attentionnées, c'est plaisant. Merci.

Ben sourit et se dirigea vers les tables en question et prit un café, juste un café qui le démangea et se dit qu'il allait patienter pour le fameux déjeuner de bienvenue, *quand même c'est la moindre des choses,* se dit-il.

Il savourait cet instant dans cet endroit mystique et très simple à la fois.

Il regardait les citrouilles bien travaillées, il imaginait des enfants en train de les concevoir. Une apparition enchanteresse se produisit au même moment.

Une déesse, une femme si belle qu'il est rare de rencontrer une femme de cet acabit dans la réalité. Elle ressemblait trait pour trait à l'actrice Wonder woman.

Il s'arrêta et ne sut que dire devant une telle beauté inattendue.

Elle le regarda et ricana discrètement, car cette femme loin d'être stupide avait remarqué le moment de surprise que Ben avait eu à son égard.

Elle se sentit d'ailleurs très flattée, car Ben malgré sa dégaine de baroudeur était très beau.

Il avait ce charme intemporel, venu d'une autre époque, d'une autre vie.

Ils se croisèrent uniquement timidement.

Il se dirigea vers sa chambre. Ému d'ouvrir son cœur à des images d'enfants et de femme.

Tout ceci avait pris fin avec Carole, cette peste qui lui avait brisé le cœur.

On pourrait croire qu'elle l'avait trompé ou autre, mais non, elle avait juste cessé de l'aimer du jour au lendemain sans raison. Elle est juste partie sans rien dire.

Il s'était levé un matin de Noël et toute trace de sa vie à elle avait disparu.

Elle avait tout retiré, il se demandait toujours comment il n'avait pu rien entendre d'ailleurs. Cette question restera sans réponse.

Le choc de se réveiller ce jour-là pourtant sacré sans plus aucune trace de la femme de sa vie. Sans même la moindre explication.

Je suis même, il faut le dire devenu fou à ce moment-là. J'ai imaginé des tonnes de scénarios possibles.

Un enlèvement, j'ai même été jusqu'à penser qu'elle n'avait même pas existé que c'était le fruit de mon inconscient qui l'avait imaginé.

Bref, cette garce m'a cassé en mille morceaux. Je l'aimais vraiment.

Elle disait qu'elle n'aimait pas mon côté noir.

Mais elle ne sait même pas ce qu'est de ressentir la mélancolie d'être en vie.

Elle ne sait pas ce que c'est de se sentir vide à l'intérieur à chaque instant.

Elle ne sait pas ce que c'est de n'avoir aucun but dans la vie.

Elle ne sait pas ce que je ressens dans mes cellules, dans mon esprit.

Une âme emprisonnée dans un corps sans savoir pourquoi.

Douce et amère remontée de souvenirs alors que je me suis surpris à voir des images lointaines même mises dans les vallées de l'oubli de mon destin brisé par cette matinée de Noël d'il y a 5 ans maintenant.

Je n'ai pas fait la paix avec elle, Carole, rien que de l'avoir vue au mariage de ma mère, j'ai ressenti l'effroi de sa présence sans vie.

Une femme égoïste comme je n'en ai jamais connu. Elle avait toujours en tête de narguer les autres pour ses réussites autant personnelles que professionnelles.

Aucun intérêt pour moi d'assister à ce genre d'idioties.

Se croire mieux que les autres était son dada. Moi qui aimait tout en elle, je n'ai pas compris pourquoi elle avait commencé à être comme ça. On rencontre quelqu'un et elle devient une autre personne au fil du temps.

Bref, je vais me poser et savourer ce petit déjeuner qui arrive, d'ailleurs le café est délicieux.

Cette marguerite est sympa n'empêche.

Il regarda par la fenêtre et découvrit un chien errant.

Il chercha son maître ou sa maîtresse, un coup à gauche, un coup à droite. Rien.

Il s'agissait d'un labrador assez costaud quand même à poil long.

On toqua à la porte. Interpellé, il se détourna de l'animal et alla ouvrir.

— Bonjour Monsieur Prenfort, votre petit déjeuner est servi.

Elle avançait le chariot avec tous les mets frais et délicieux.

— Humm ça sent bon, si je puis me permettre.

Allez-y et vous aurez la possibilité d'accéder au repas de midi.

— C'est gentil, seulement je vais me laisser porter par une sortie pour la journée.

— Bien Monsieur, bonne journée.

La porte se referme.

Il s'installe, prend ses aises.

Il se dit que c'est bien bon, mais que la journée manque de piment à son goût.

C'est un peu trop parfait tout ça. En plus il n'a jamais visité la ville de Carcassonne.

Des tours de guet à perdre de vue. Une cité médiévale, c'est cool ça change.

Lui qui espérait faire face à une sirène dans les océans, rencontre la veille Wonder woman, ça promet.

***

Julie se demandait si elle allait arriver à l'heure du rendez-vous…

Elle regardait sa montre 15 h 55… elle faisait la moue, regardait au loin dans l'espoir de voir arriver Clarisse, d'autant plus qu'elle n'avait pas donné de réponses à son message vocal.

Elle regardait les arbres, le vent qui souffle, se recroqueville dans sa grosse écharpe d'automne.

Elle se frottait les mains et se rendait compte qu'elles tremblaient un peu.

Dans sa tête une pensée la traverse :

Si elle a fait l'amour avec Greg, je m'en vais une fois pour toutes. Si elle a fait l'amour avec Greg, je m'en vais une fois pour toutes.

Derrière elle, une personne apparut ; c'est Clarisse. Sa main se posait sur son épaule tendue.

Julie se retourna surprise :

— Ah c'est toi ! Ah… un souffle sort de sa bouche comme pour se dépressurer, je suis contente que tu sois venue. Assieds-toi, je t'en prie.

Elle essaie de contrôler ses sentiments, ses émotions.

Elle se dit dans sa tête (*Reste calme !)*

— Bon, je n'ai pas beaucoup de temps, j'ai Gaëlle à récupérer à la garderie.

— Merci d'être là. L'autre jour, quand tu es venue, tu m'as prise au dépourvu.

Tu avais quelque chose à me dire et je n'ai pas pu t'écouter à ce moment-là. Donc si tu as envie aujourd'hui de me dire ce que tu avais l'intention de me révéler, je t'écoute.

— Ok, bon Julie, ça fait des années que l'on se connaît, mais j'ai toujours senti une réticence de ta part envers moi. Greg est mon meilleur ami depuis que j'ai l'âge de 5 ans et il a toujours été là pour moi.

Elle se rapprocha de la table et de Julie par la même occasion. Elle posait ses mains sur la table et regardait Julie fermement.

Elle reprit :

— Faut vraiment que tu arrêtes de te faire des films sur lui et moi, ça ne peut plus continuer comme ça. Vous êtes au bord du précipice là et moi de l'avoir chez moi depuis 6 mois ça commence à faire.

Il joue avec Gaëlle, elle est bien heureuse d'avoir son tonton à la maison, mais moi j'ai une vie de femme aussi. Avoir ton mari chez moi quand moi j'essaie de reconstruire une vie amoureuse c'est galère. J'ai essayé de lui dire, mais je ne vais pas le dégager à l'hôtel, ça craint.

Julie rougit et prit son courage à deux mains, elle se dit dans sa tête (il faut que je sache de toute manière) :

— Bon, et… bon j'y vais franco, vous avez couché ensemble ?

Clarisse manque de renverser son verre en le mettant à ses lèvres.

— Mais quoi ? C'est pas possible, je t'ai déjà dit que non. On est amis. J'ai déjà dormi avec lui des tonnes de fois, mais c'est mon ami et je ne couche pas avec mes amis.

Julie prit son verre dans la main, but une gorgée.

— Bon tu as raison, je me dois de te croire sinon je ne vais pas pouvoir continuer avec Greg. Je ne comprends pas pourquoi je n'arrive pas à te laisser ta place. Je suis conne.

— Sache que Greg t'aime, tu es sa femme. Depuis la première fois qu'il t'a vue, il me l'a dit que c'est toi qu'il veut jusqu'à la fin de sa vie aloooors… pitié viens le chercher.

Elles se sourient.

— Je vais réfléchir. J'ai besoin de me recentrer, tu vois. Ces dernières années étaient tellement chaotiques.

— Ok envoie un texto alors (elle regarde son téléphone). Je dois y aller.

Clarisse fait signe au serveur pour payer la note.

Le serveur arrive et Clarisse sous son charme en profite pour le draguer un peu.

Julie, elle, reste figée.

Elle attend que la scène entre les deux s'achève pour enfin disposer.

***

Mercredi 20 janvier 2024

C'était l'anniversaire de Greg. Il avait 27 ans.

Sa mère Caroline était à ses petits soins comme toujours. Il se demandait si Julie serait présente.

Une grande fête était organisée avec tous ses amis, deux gros Chiffres Bleus, le 2 et le 7 volaient dans la pièce.

La salle des fêtes était pleine à Marseille.

Il s'était installé dans cette ville après sa séparation avec Julie.

Il avait dû quitter Carcassonne, car vivre dans l'espoir de croiser Julie n'était plus vivable pour lui.

Il avait quand même invité celle-ci pour son anniversaire en espérant rester en bon terme avec elle, sachant que la procédure de divorce se déroulait sereinement sans drames à l'horizon.

Après sa discussion avec Clarisse quelques mois auparavant, Julie eut le besoin de se retrouver avec elle-même. Faire le point sur elle-même. Elle voyait bien que tout partait dans tous les sens depuis son mariage et qu'elle ne voyait plus sa propre route dans toutes ces histoires.

Quand elle était rentrée du café ce jour-là. Elle avait pris Croki dans ses bras et avait décidé de partir quelques jours loin de sa famille, de ses amis et de Greg.

Elle n'avait pas eu besoin de partir loin. Juste dans le village d'à côté Aragon.

Elle voyait bien que depuis toujours elle était à suivre la guidance des autres au lieu de suivre la sienne. Au début, cela lui semblait tout à fait normal, jusqu'à qu'elle se marie et ne sache plus comment se comporter en vivant sous le même toit que son mari, sans la directive de ses chers parents.

N'ayant plus de repères personnels, ce fut le début de la mésaventure pour elle. Surtout le jour où sa mère avait officiellement montré publiquement qu'elle n'avait aucun pouvoir personnel. Dire à tout le monde pour sa grossesse alors qu'elle ne savait pas quoi faire à ce moment-là, totalement dénuée de sa propre existence.

Elle qui se voyait voler dans les étoiles petite et offrir son cœur aux autres se trouvait à enchaîner petits boulots sur petits boulots, car elle se faisait littéralement marcher dessus par ceux qui n'avaient pas froid aux yeux de lui piquer ouvertement sa place. C'était limite si elle ne voulait pas déranger les autres.

Voyant toujours la déception dans les yeux de ses parents ; le joli prodige se retrouvait à faire la vaisselle dans les bars et se déchaînait la nuit avec sa meilleure amie sous l'agacement de son mari.

Sa grossesse lui avait appris à ne plus oublier une seule fois sa pilule. Elle ne voulait pas d'enfants, pas du tout.

Pourquoi toujours vouloir être mère ? se disait-elle.

Elle se rendait compte que sa famille lui avait écrit une vie qui n'était pas la sienne.

Mais comment dire à une famille aimante que leurs choix aussi bons soient-ils, je n'en veux pas.

Chapitre 6
Que Dieu soit avec toi

Benjamin sillonnait les rues de Paris en regardant partout autour de lui.

C'est la première fois qu'il se retrouvait en ces lieux. C'était très imprégné d'histoires.

C'était pas trop son truc en fait. La tour Eiffel bof bof. Lui, son style c'était plus la moto, la vitesse.

Il se disait qu'il allait voir s'il ne pourrait pas aller louer une moto dans le coin, histoire de se faire plaisir un peu. Il trouvait sa vie un peu gnangnan en ce moment.

Il tapait location moto Paris sur son téléphone : « **Ce site est inaccessible…** »

Ok pas de réseau… bizarre. De ce fait, il choisit de marcher sans raison particulière. Il marchait dans les rues et ça lui faisait du bien. Juste être présent à sa ballade sans intérêt, sans attentes.

Pourquoi pas m'arrêter prendre un thé, tiens ?

Il s'installait à la Terrasse d'une rue où il voyait écrit : *Thé-licieux.*

OK, pourquoi pas ? se dit-il.

— Monsieur, puis-je prendre votre commande ?

— Bonjour, j'ai vu que vous faites du thé à la cannelle et la vanille ?

— Oui.

— Bon va pour ce choix s'il vous plaît.

— Souhaiteriez-vous autre chose ?

— Un croissant au beurre oui. Merci.

Il était 16 h ; l'heure du goûter.

Il jubilait dans son for intérieur, car ce moment lui faisait du bien.

Une pause parmi le monde. Une pause dans le monde.

Il se délectait de prendre sa tasse du bout des doigts en toute lenteur en regardant la tasse très jolie.

Cela donne un air de déjà-vu. Certainement quand il jouait à la dînette avec sa petite sœur Jasmine.

Sa sœur était décédée enfant. C'était sa sœur jumelle.

Il avait pourtant l'impression qu'elle était toujours là.

D'ailleurs il pensait à elle, il tint la théière en l'air pour lui faire un signe d'amour.

Avoir un jumeau c'est difficile, car on a du mal à être unique, tout le monde nous prend pour une personne. Et maintenant qu'elle n'est plus là. Je me sens ni 1, ni 2, ni rien du tout. Sa disparition à l'âge de 16 ans m'a terrassé. Un accident en rentrant de boîte de nuit. Une mort accidentelle imprévue.

7485

L'appel sonne et là notre monde prend une tournure inexplicable.

Tout se renverse. Plus rien n'a la même perception pour moi. Car tout disparaît à tout instant en une fraction de seconde sans prévenir.

Je me l'imagine souvent ayant mon âge. Qu'est-ce qu'elle serait devenue ? Une actrice ou une postière, peu importe, elle aurait fait rire tout le monde ça j'en suis persuadé.

Il buvait son thé qui représentait la douceur absolue en mangeant son croissant.

Je ne suis pas nostalgique, j'ai appris à accepter ce qui arrive tout simplement.

À quoi bon m'accrocher, résister ? Ce qui se passe, se passe. Et je dois avancer avec ou sans.

Les tempêtes de la vie je connais et je m'en suis accommodé, elles me traversent, me déracinent. Mais je suis toujours là, à Paris à boire ce thé-licieux.

Je pense que je suis entouré d'anges d'une certaine façon parce que sinon je ne serai plus de ce monde…

***

Julie se regardait dans le miroir, il était 4 h du matin, elle sortit de sa voiture pour rentrer chez elle. Elle rentra de Marseille, après plusieurs jours passés entre amis à faire la fête, elle avait quand même filé à l'anniversaire de Greg.

999

Ça se voyait que cela lui tenait à cœur de me voir. Pourquoi ? Je ne sais pas, mais bon… Je suis une gentille fille, femme, quand même, pensa-t-elle.

C'était plutôt pas mal en plus. Bref cette godiche de Pamela était collée à ses baskets, mais bon je reste peace ma sœur, on est en train de divorcer. J'ai fait ce choix pour moi. Je me suis choisie pour une fois. Ce n'est pas que je ne l'aimais plus, mais c'est que j'ai besoin de vivre pour moi maintenant seule. Et puis que mes parents ne me parlent plus et bah tant pis.

Je ne suis pas faite pour une vie d'Aristocrate, dit-elle. *En passant moi, c'est plutôt les Aristochats. Ils doivent accepter l'évolution, moi je ne peux plus reproduire de vieux schémas qui n'ont plus lieu d'être. C'est bon, je respecte tout ce qui a existé, d'ailleurs je me demande comment toutes ces femmes ont pu vivre ainsi avec toutes ces règles de bonnes conduites et de soumissions radicales de la gente masculine.*

Ça m'horripile. J'ai de la chance en fait de vivre à cette époque. Mais eux ne le perçoivent pas du même œil. Alors c'est eux avec leurs plans à l'ancienne ou moi au présent éternel sacré ? Je n'ai pas trop hésité en fait, je ne vais pas vous mentir. C'est le saut dans le vide, le saut quantique comme j'aime à l'appeler. Je sais surtout que seul Dieu me guide. Mes parents je les aime, mais m'empêcher de vivre ma propre destinée c'en était trop. Donc plus de parents, plus de mari. Pas de bébé.

Oui, c'est parti de là en fait. Quand j'ai dit à ma mère que je ne voulais pas garder l'enfant. Je peux vous dire que sa tête s'est transformée, je ne savais pas si je devais rire ou fuir. Elle a poussé un cri, c'était avec du recul assez comique en fait. Madame la marquise était tout à fait horrifiée d'un acte de barbarie en vers mon propre corps... blablabla...

Bref pour la faire courte. C'est depuis ce jour que tout s'est achevé. Vraiment, j'étais fatiguée de devoir gérer leurs comportements abusifs, je dirai même intrusifs totalement dans ma vie de femme. J'aurais dû perdre pied à ce moment, mais à l'inverse j'ai senti une liberté s'opérer en moi. J'ai senti une sensation de confiance en moi naître à ce moment précis. Une force qui m'habitait ne voulait plus que quiconque prenne un choix à ma place.

La foi, la grâce. Voilà ce qui m'anime aujourd'hui. Donc je commence l'année en tant que femme indépendante. C'est énoooorme. Je n'en reviens pas moi-même. ***24 ans,*** *bientôt divorcée, sans emploi. Plus de famille. Plus ou moins intelligente, par contre, je suis sublime ça je le sais vu que tout le monde me le dit.*

Bref, autant ils disent tous ça pour me faire plaisir uniquement. La beauté est si importante alors que chaque être est beau par son unique forme.

Bon 5 h 55, je vais dormir maintenant.

***

Ben lui dormait au même moment, il était dans ses rêves les plus profonds.

Dans ces moments-là, il vivait dans d'autres mondes où tout était possible pour lui.

Parfois au réveil il dessinait ces mondes en espérant qu'ils existaient quelque part dans le cosmos.

Il se réveillait et se mettait à dessiner directement ce qui lui restait en tête, c'était sa première action du matin et une fois fini, il filait dans la salle de bain prendre sa douche.

Il se prélassait sous l'eau chaude… tous ses muscles se détendaient.

C'était un moment de bonheur simple du quotidien sans brouhahas futiles et stress des gens trop pressés. Trop pressés de vivre, de peur de mourir trop tôt ?

Il sortait de la douche, enfilait sa serviette, se regardait dans la glace en face de lui et se trouvait plutôt pas mal en fait.

Il se rappelait que ça faisait une éternité qu'il n'avait pas eu de relations sexuelles.

Il avait carrément oublié cette partie-là de sa vie.

Tellement occupé avec le travail, les amis, les voyages. Les moments du présent remplis d'actions de pur plaisir pour lui autant dans l'ombre, que la lumière.

Il était complet cet Homme.

Il avait compris le sens de la vie. Ne dépendre de rien ni personne.

Ne pas se soumettre à des envies perfides.

Il aimait son corps et le respectait.

Il avait eu des rapports avec des femmes par le passé. Avant et après Carole.

Toutes étaient un peu fêlées à ses yeux.

Leur dépendance affective le fatiguait au plus haut point.

Pathetika… gentille, mais Pathetika.

Une femme qui est prête à tout pour toi… c'est beau, mais c'est flippant quand même.

Une femme équilibrée c'est mieux.

Je ne sais même pas si ça existe en réalité.

Beaucoup font semblant de l'être pour avoir ce qu'elles veulent.

Être avec quelqu'un pour avoir au lieu d'être avec quelqu'un juste pour être.

Là est la différence. Je me suis tellement senti étouffé, jugé, accaparé, manipulé.

Je n'ai plus envie de cela.

Et coucher juste pour le sexe non plus, je suis mal barré.

Je ne sais même pas où je veux vivre, en ce moment je vagabonde de ville en ville à la recherche de mon havre de paix.

Mais rien n'y fait, je ne me sens nulle part chez moi.

J'aimerais pourtant ressentir cette sensation de vouloir habiter quelque part. Construire une maison, envisager un futur serein et durable avec une famille... mais... rien...

C'est pour cela que je dessine tous ces mondes, j'aimerais y vivre parfois. Car sur terre je ne trouve pas mon paradis.

C'est là que me revient toujours cette phrase... Si tout avait disparu en me levant, quel monde j'aimerais avoir devant moi...

Tout effacer les paysages. Non pas que ce soit laid. Tout ce qui existe a été bâti avec minutie et beaucoup de travail.

Mais si je peux me réveiller et que la Terre soit un terrain tout frais... ohlala...

Il s'arrêta un instant et commença à se dire.

Pourquoi je ne créerais pas mon idée de ce fameux bonheur ?

Il prit une feuille et commença à s'installer. Et puis l'élan lui vient d'aller acheter un cahier, et puis nan une planche à dessin carrément...

L'envie de dessiner de nouveaux espaces de vie lui vint comme une pulsion.

Pourquoi ne serais-je pas l'architecte de ma vie ?

Tout le traversa, à croire qu'en voyageant il se fuyait lui-même.

Enfin, découvrir les environs, c'est super, mais il ressentait le besoin de se découvrir lui-même.

À quoi j'aspire vraiment ?

Il regarda autour de lui et rien ne vint.

Je crois que j'ai assez divagué pour aujourd'hui.

Il mit la musique, commença à se dandiner comme le ferait un play-boy des années 50.

Il avait envie de s'amuser ce soir, il en avait un peu marre d'être toujours solitaire finalement.

***

Plus tard dans la soirée, ayant passé la journée à créer.

Il se rafraîchit le visage, mit du parfum, enfila une chemise, passa un coup de chiffon sur ses chaussures brillantes noires et décida de sortir.

Il était 21 h. Il devait bien y avoir un endroit sympa pour faire la bringue un peu.

Il sortit et vit des gens se diriger vers un pub… il aperçut le néon vert luisant au-dessus de la porte.

Le Chachacha.

Ok... se dit-il.

Il demanda à entrer et l'homme de sécurité lui demanda ses papiers d'identité.

Il se braqua un instant, ne comprenant pas cette demande, vu son âge.

— Monsieur, je vous demande une nouvelle fois vos papiers.

— Ça va, ça va.

— Vous pouvez circuler.

— Comment ça ?

— Je vous demande de partir.

— C'est une plaisanterie ?

— Non. L'homme rentre à l'intérieur.

Le vent souffla au même moment et la porte se referma devant lui.

Alors celle-là, on me l'avait jamais faite.

Il se sentit rejeté comme un vieux détritus à ce moment-là.

Lui qui se sentait beau, prêt à conquérir le dance floor.

Bon, il marcha, regarda aux alentours et tenta de se laisser porter par l'odeur d'un plat chaud.

Des hot dogs, dans une camionnette l'avaient attiré, donc après le désespoir, il se dit rien de mieux que de manger.

Il avança pour prendre sa commande quand un groupe de jeunes lui passèrent devant.

Sans scrupules, sans lui manifester le moindre intérêt.

Mais c'est quoi ce délire ce soir ? pense-t-il.

Je veux bien être gentil, mais pas con non plus, se mit-il à ronchonner.

Une des jeunes filles du groupe le regarda et chuchota à sa copine à l'oreille.

— Je crois que le vieux va nous faire une syncope mdr…

Benjamin entendit malgré lui que ça parlait de lui et surtout entendit le mot « vieux ».

Il hallucina en se disant dans sa tête encore une fois.

Attends 24 ans c'est pas vieux merde ! *Je me fais refouler à cette boîte et puis là ça franchement… je ne comprends pas là.*

555

Je parais pas si vieux quand même… il se sentait mal à l'aise d'un coup.

Comme si déjà ne pas se sentir bien quelque part ne suffisait pas, là c'est carrément les gens dans les lieux qui commençaient à le dégager.

Étrange.

Il décida de partir, complètement vexé.

Je suis beau avec ma grande veste en cuir, je suis élégant. C'est sûr que si elle, elle se trouve branchée avec ses cheveux roses, bah excuse y a pas besoin de ça pour être jeune Mistinguette.

Mistinguette ? Elle n'a peut-être pas tort. Je suis un homme c'est tout. Je vais me faire un repas gastronomique pour la peine, je mérite le meilleur.

Basta.

Il découvrit un Hôtel-restaurant cinq étoiles.

Il se sentit bien pour y aller.

Il avança et demanda une table pour dîner.

La charmante serveuse le guida vers une table ornée d'hortensias bleus.

Il était étonné et appréciait la délicatesse de son hôtesse d'accueil. La senteur florale lui faisait du bien. *C'est mieux que l'odeur du tabac et du bruit casse-tête du bar,* se dit-il. *Finalement c'est un mal pour un bien, enfin on m'a viré d'endroits pour que je me retrouve ici dans un endroit paisible et luxueux. Je ne sais même pas pourquoi je me suis rabaissé à ce point-là. Je me sens vraiment bien en plus assis ici.*

— Voici la carte des vins et je vous apporte la carte de nos repas.

— Je vais vous prendre un pichet de vin rouge s'il vous plaît.

— Nous avons du Noir désir de 1988.

— Pardon ?

— Nous avons du rouge millésime 2015.

— Ah oui, bien merci.

Pourquoi j'ai entendu Noir désir 1988 ? C'est bizarre. Bref.

L'environnement l'apaise après tout ce qui s'est passé juste avant.

Se sentir rejeté c'est pas agréable, j'ai eu honte.

Les gens malsains quand même ça craint.

La serveuse apportait le pichet de vin rouge avec la carte des plats.

— Bonne dégustation, je vous laisse choisir votre repas.

— Très bien.

Il se servit du vin dans son verre à pied en cristal, se rendit compte qu'il aimait la beauté de ses gestes.

En regardant son verre, des visions le traversaient, il se voyait auprès de sa femme, où il se voyait chaque soir.

Après le repas du soir, elle me demanderait si j'ai passé une bonne journée. Je serai dans ses bras qui sentent son odeur si particulière.

***

Julie décida de s'écrire une lettre, il était 10 h, elle s'était réveillée et eut l'envie de s'adresser à elle-même.

Julie, je sais que tu trouves cela complètement barré ce que je suis en train de faire, mais bon pourquoi pas s'écrire à soi finalement ?

On écrit aux autres, alors pourquoi pas commencer par soi ? Je me demande pourquoi je ne l'ai pas fait avant.

Alors salut Julie.

Franchement pour tes 25 ans, tu te débrouilles plutôt pas mal.

Tu as su prendre ton chemin sans que plus personne ne te prenne grave la tête à tout faire pour toi.

L'amour était très présent, mais moi je n'existais pas dans tout ça. Non, tu n'es pas ingrate.

Les gens, si un jour savent que je t'écris, là par contre ils vont penser à t'interner certainement. Ou que tu es une putain d'égocentrique narcissique.

Que de jugements, après tout si ça les occupe. Je m'en fous.

Vu que j'ai passé 24 ans avec toi, je peux te dire que tu en as chié en fait.

À toujours te retenir de parler, parfois même de chanter.

PRESQUE FEMME BRAVO ; NON, je m'emballe un peu…

Tu es quelqu'une de tellement attentive aux autres, comment as-tu pu oublier la personne la plus importante à tes yeux ?

Qui ça ?

TOI, VIEILLE GRELUCHE !

Elle rigole.

Je suis fière de toi. Car malgré les épreuves, tu es toujours là.

Tu es importante ma biche.

Je t'… allez je l'écris… oui… non…

Je t'… je t'aime bien t'es plutôt sympa.

T'es mignonne, t'es sympa… elle chantonne…

Et elle fut interrompue par la visite à l'improviste de sa mère.

Elle entendit la sonnette, se leva, la lettre à la main, regarda par la visionneuse de porte :

— Mamannnn ?

Elle rangea sa lettre dans son tiroir instinctivement, se remua les cheveux et alla ouvrir.

Elles se firent face, l'air hébété.

Julie fit la moue avec sa bouche, ne sachant pas quoi dire en réalité.

— Que veux-tu ? se mit naturellement à sortir de sa bouche pâteuse.

— Ma chérie, je suis tellement confuse si tu savais. Je n'arrive pas à vivre sans toi.

— Moi j'y arrive très bien.

Un vent glacial se fit sentir.

— J'ai été dur, c'est vrai.

— Dur ? HUMMMM DUR c'est le seul mot qui te vient ?

— Je dirais plutôt sans aucune pitié. Je ne vois même pas pourquoi tu es présente chez moi alors que tu as clairement dit que tu ne mettrais jamais un pied dans ma demeure de gamine écervelée.

— J'ai, j'ai été choquée par tout ce que tu traversais, tu comprends je n'ai pas vécu la même chose que toi et c'était très mal vu à mon époque de faire les choix que tu as fait et j'ai eu peur pour toi. Je t'aime ma juju plus que tu ne peux l'imaginer, tu es mon bébé.

— Je ne suis pas un bébé, mais une femme, enfin j'essaie du moins. Bref, là n'est pas le sujet. J'entends ce que tu dis, je reconnais le courage qu'il t'a fallu pour venir me dire ça, mais c'est trop facile de venir si longtemps après la bouche en fleur.

— La bouche en cœur.

— Quoi ?

— Non rien. Je peux m'asseoir ?

— Franchement je ne suis pas disposée aujourd'hui, je préfère que tu partes. Merci pour ta démarche seulement j'ai besoin de temps. J'ai tiré un trait sur toi alors revenir comme ça… ça ne marche pas comme ça dans la vie.

— Bah oui ça ne marche pas comme ça, je suis ta mère, tu ne peux pas tirer un trait sur moi !

— Bien sûr que si !

— Nous sommes liés pour la vie ma chérie.

— J'estime que quelqu'un qui me fait du mal et ne m'accepte pas telle que je suis, je n'ai pas à être liée à elle juste parce que ce « quelqu'un » est ma « mère ».

— …

Sa mère choquée quitta la pièce sans un mot.

C'est fou ça, j'étais bien et voilà qu'elle débarque, elle ne doute de rien celle-là.

Elle s'assit dans son canapé et se demanda si elle culpabilisait ou pas.

Elle était partagée.

Elle avait décidé que non et reprit sa lettre.

Oui chérie, j'ai été interrompue…

Devine, ta chère maman, tu sais celle qui annonce ta grossesse à tout le monde sans ton consentement, celle qui choisit ta robe de mariée et même le plan de table.

Celle qui te fout dehors quand tu lui montres le papier officiel du divorce. Tu vois ou pas ?

Certes, elle était gentille et m'a donné le meilleur, je n'ai jamais manqué de rien, mais de là posséder ma vie là il y a un couac quelque part.

Crois-tu que j'ai été cruelle avec elle ?

Peut-être, elle ne mérite pas.

Peu importe, elle doit comprendre que je suis debout sans elle.

Je n'ai plus besoin qu'on me dise quoi dire, quoi faire ou prendre des décisions à ma place.

Bon sinon le mec que tu as vu hier va certainement t'appeler et mon conseil répond lui vraiment il est canon.

Bon je te laisse j'ai faim, je vais faire cuire à manger et oui ***ça ne va pas se faire tout seul !***

Bisou bisou à plus tard.

Baby.

Love JULIE LA BEST DES NANAS.

Après Britney Spears, bien sûr.

***

— Benjiiiiiii ! Woaaah, mais qu'est-ce que tu fais là ?

— Vincent ?

— Bah oui vieille croûte, putain tu es à Paris et tu ne m'appelles pas ?

— C'est vrai que je suis de passage et je t'avoue que je n'y ai pas pensé. J'ai débarqué ici sans réfléchir.

— Tu as encore pris un train au hasard toi ?

— Ouep.

— Tu continues à faire ça ? J'adore, ce mec est fou, dit-il en regardant la jolie blonde à côté de lui. Ah oui je te présente Elsa ma nana.

— Bonjour Elsa, dit-il gêné.

— Tu restes combien de temps alors ? Allez, je sais, tu n'en sais rien…

— Mais, tu n'es pas très gentil avec ton ami, répliqua Elsa.

— C'est un paumé, j'ai l'habitude, il a toujours erré sans but et apparemment il n'a pas évolué.

— Hey mec, juste je suis là, je t'entends.

— Pff, oui tu m'entends et ? Tu vas me dire quoi ? Tu te fous de tout ? Alors je sais que ça ne te touche pas mon frère.

— Ouais ça doit être le cas, tu as raison.

Il se sent achevé à ce moment-là.

— Bon je vais y aller, je prenais juste le journal en passant et je compte repartir aujourd'hui de toute manière.

— Ah ! Tu es sur ? C'est bête, ce soir on fait une méga soirée avec pleins de nanas.

— Oui je suis sûr, car ma femme m'attend.

Vincent s'arrête sur place, ne bouge plus, le regarde et éclate de rire.

— Ta femme alors là franchement tu veux que je claque sur place t'es trop comique, le jour où tu as une femme tu me le dis je regarde dans le ciel voir si les comètes vont tomber à mes pieds.

— Je t'inviterai à l'église au premier rang. Allez bye.

Il serrait le journal dans sa main et se disait qu'il récoltait ce qu'il avait semé toute sa vie.

Il ne s'était jamais respecté et avait laissé les autres en faire autant. Il se sentait responsable au final et se rendait compte que cet abruti c'était lui-même il fut un temps.

Au final, il trouvait que sa conscience avait évolué.

Il était satisfait de lui-même.

Après tout le retour chez lui, lui ferait le plus grand bien.

Il avait son appartement en Auvergne, mais depuis le retour de son Père dans sa vie, il se questionnait sur le rôle d'être père.

On dit que tout se fait tout seul, mais il avait bien senti que son propre père s'était senti forcé de mettre au monde son propre enfant. Il restait marqué par ce souvenir dans lequel lui-même sentit qu'il ne voudrait jamais être père. À seulement 10 ans, il avait compris son père, il avait vu dans ses yeux qu'il n'avait pas choisi sa vie.

Il était secrètement amoureux de Bernadette, tout le monde le savait de toute manière sauf que tout le monde se taisait.

Ma mère lui avait fait un enfant dans le dos pour le garder.

Car un homme devait assumer son rôle. C'était sa phrase qu'il répétait à tout va celle-là.

Alors, se rendre compte que son père était resté par convenance, je peux vous dire que c'était pas génial.

C'est le jour où Bernadette était décédée qu'il nous avait quittés, rempli d'amertume.

Alors il s'était toujours dit qu'il ne serait pas père non plus…

Pas père non plus. Il se rendait compte de sa pensée.

Comme quoi notre enfance trace notre destinée.

Nous sommes de grands gamins avec des valoches de souvenirs marquants de notre famille.

Je vais arriver vers ma future femme en disant « Salut : je m'appelle Ben et je ne sais pas ce que c'est de se sentir aimer par sa famille alors comment veux-tu que j'aime la mienne ? »

Je ne vais peut-être pas y aller aussi direct, mais bon. En plus une femme a plein d'attentes. Comment lui dire que je n'ai rien de ce qu'elle attend ? Si c'est pour qu'elle me regarde avec déception ou dégoût parce que je ne fais pas ce qu'elle veut. Je ne crois pas que je pourrai vivre ça.

Ou pire sa famille qui se mêle de notre vie… je peux clairement pas.

Bref je vais essayer d'être positif, mais franchement positif ne veut pas dire croire à des fumisteries.

L'amour éternel je ne sais même pas si ça existe en vrai. Je pense plutôt que l'on rencontre des gens et on vit des périodes de notre vie avec et ainsi de suite...

Les gens, enfin certains comme ma cousine, s'arrachent la santé à lutter pour retenir une histoire morte depuis des années. Elle n'en a même pas conscience c'est ça le pire.

Bon, il décide d'appeler son propriétaire.

— Louis ?

— Oui Benjamin ?

— Oui, je t'appelle un peu tardivement, je m'excuse.

— Dis-moi !

— Je, je pense que tu sais que…

— Ça y est tu pars de l'appart ?

— Euh, oui.

— T'inquiète je me souviens que tu me l'avais dit que tu tenais rarement plus de six mois quelque part et comme ça fait 5mois, je vois que…

— Dac, du coup, cela ne te dérange pas que je parte sans préavis ? Sinon je te paie des loyers en plus…

— Arrête-toi. Pars quand tu veux, viens juste m'apporter les clés c'est tout.

— C'est vraiment top, tu assures vraiment.

Je rentre de Paris, je prends mes affaires, nettoie tout et je t'apporte les clés. T'es un mec bien merci.

— Tu vas me faire chialer… nan je rigole. Bon allez c'est pas que je m'ennuie, mais ma femme m'appelle alors.

— C'est ok. À plus mec !

— Bye Ben.

***

Chapitre 7
Le déménagement

Julie est excitée comme une puce, elle a rencart avec le mec de la soirée, il a bien rappelé.

Karl, sexy Karl…

Comment je m'habille ? Hannn.

Elle choisit d'appeler sa copine :

— ANGELLLLL !

— Ouiii baby baby que passa ?

— Tu te souviens à l'anniversaire de Greg ?

— Oui… enfin pas trop, j'ai pas mal bu haha.

— Pfff, t'es con… Si je te dis Mister K.

— Mister KOI ?

— Tu fais exprès ?

— Je suis juste un peu occupée là…

— C'est-à-dire ?

— C'est à dire (elle rigole) il y a Mike avec moi…

— ET ALORS ?

777

— Bah on n'est pas trop habillé si tu vois ce que je veux dire.

— Wourp Pardon ? J'ai failli cracher mon verre t'abuses. Tu te fous de moi ? Pas Mike nonnn. Vous êtes dégueux. Bon du coup, je voulais passer voir ta garde-robe j'ai un rencart important…

Mike intervient :

— Je suis la tête dans les nibards de ta copine va voir ailleurs.

— Maiiiis arrête de dire des Cooonneries toi !

9999

— Ça y est, j'ai vomi.

— Hahaaaahaaaa. Bah là ça tombe pas bien ma poule… c'est quand ton rencart ?

— Bah déjà tu m'expliqueras ce que tu fous avec Mike et ouais c'est ce soir quoi, je suis foutue !

— Bon… Mike rhabille toi et bouge… Vas-y viens, j'ai tout ce qu'il te faut !

— Sérieux ? Julie sautille en l'air.

Et Mike rétorque :

— Sérieuxxxxx ?

Angélique le regarde avec malice et lui répond :

— Oui Juju d'abord, je m'occuperai de toi plus tard…

Julie essaie de l'interrompre avec dégoût :

— Nan, mais ça, je ne veux pas le savoir, ni l'entendre, ni le voir.

— Franchement ! T'assures TELLEMENT ! J'arriiiive !

Julie raccrocha, partit se laver les dents, prit sa veste et fila en vitesse à sa voiture, elle avait 4 h devant elle avant le fameux rendez-vous.

Angélique était l'égérie d'une marque de vêtements très féminine, elle avait donc la possibilité de se servir à sa guise et de ramener chez elle tout ce qui lui chantait.

Pour Julie c'était le paradis.

Elle qui n'avait pas beaucoup d'argent avec son métier de boulangère. Enfin vendeuse en boulangerie parce que quand elle disait boulangère, tout le monde lui demandait de faire du pain, c'est le genre de remarque qui la gavait au plus haut point. Déjà qu'il fallait se lever méga tôt dans ce boulot alors stop les remarques relous.

Bref elle commençait à se visualiser en plusieurs tenues… plusieurs styles, quelle couleur ?

***

De l'autre côté, Monsieur Ben rangeait ses affaires et faisait le grand ménage dans son appartement.

Il en profitait pour en jeter un max même s'il ne gardait presque rien.

Un reset de plus, se dit-il.

Il regardait par la fenêtre en se disant que c'est la dernière fois qu'il regardera cette vue.

Chaque matin, en ouvrant les volets qui coincent, il aimait regarder le toit en face.

Une vieille bâtisse défraîchie avec des tags pas très valorisants.

Il se disait que bientôt, sa vie ne serait que poussière, il ressentait un vide en lui qui ne cessait de s'accroître au fil des années.

Il se comparait même à ce bâtiment. En rigolant, il regardait son corps et se disait :

Par contre, moi je n'ai pas de tatouages faisant référence aux tags. Peut-être devrais-je en faire un d'ailleurs ? Non.

Il reprenait un carton dans ses bras et descendait de son étage à sa voiture.

Il avait garé sa voiture devant en warning, alors il essayait de ne pas trop traîner.

Et puis déménager en général c'était pour emménager ailleurs alors que là il n'y avait pas de « ailleurs ».

Coup de déprime bonjour fût la pensée qui le traversa.

Peut-être qu'il avait raison Vincent en disant « il a toujours erré sans but et apparemment il n'a pas évolué. »

Pff, voici ce qui sortait de sa bouche avec un mini rot.

Remontée acide de ces mots si véridiques finalement.

Il soupira, et décida d'arrêter de penser et de tout prendre, le peu qu'il lui restait et enfourna tout dans son coffre de voiture.

Midi. Tout est plié, il passe un coup de balai dans l'espace vide.

Il chantonnait, faisait quelques pas de danse, il vivait ce moment comme un plaisir immense.

Danser dans une pièce vide avec son balai à la main en s'amusant à faire des sons échos avec sa bouche et le rebond des bruits sur les murs.

***

Julie arrivait en bas de l'immeuble de sa copine Angel.

Elle appuyait sur l'interphone extérieur.

La tête de Mike sortit de la fenêtre en disant :

— Elle arrive, la porte est bloquée en bas.

— Ok répondit Julie.

On entendit de loin Angel descendre l'escalier, car elle chantait à tue-tête.

— Helloooooooo ma Juju !

— Ouii, ohh tu sens l'alcool ! à midi ? T'abuses !

— Ça va maman ! Détends-toi un peu ! T'es tendax en ce moment !

777

— Vas-y viens on monte, je t'ai déjà préparé une sélection !

Les deux copines montèrent l'étage excitées quand Mike fit son apparition dans une autre ambiance.

— Qu'est-ce que tu as tête de panda ? demanda Julie.

Les copines se collèrent et se mirent à rire.

— Pfiouu vous deux ensemble, c'est pas possible, je me taille faire un tour.

— Mais quelle belle initiative ! sursauta Angélique.

— D'ailleurs, ne crois pas que tu vas t'en tirer comme ça de vouloir voir ma copine toute nue toi ! crie Julie.

Seulement Mike faisait mine de ne pas avoir entendu et disparaissait dans les rues voisines.

— Bon alors, raconte-moi tout ! s'esclaffe Angel.

— Toi aussi tu as des choses à me dire on dirait…

— Ça va, c'est juste comme ça, y a R !

— Ya R ?

À bientôt 30 ans, dire y a R… comment dire c'est la loose un peu.

— Ah ouais, parce que la loose c'est mieux peut-être ? Bon on est là pour te faire canon pour ce soir ou pour parler grammaire, littérature ?

Julie ricana et rougit.

— Ce mec, tu sais, à la soirée, à Marseille. Oui tu étais éméchée… On va dire que j'ai eu un eye contact avec le beau Brun qui a dit devant tout le monde que Greg était un super mec blablabla…

— Hann… franchement autant j'étais dehors ou partie même parce que cette soirée moi je l'ai trouvée vraiment chiante.

— Bon on va passer les détails… Il est venu vers moi et m'a proposé des petits fours, très gentil d'ailleurs.

— Et ?

— On a discuté, c'est un homme qui a l'air mature, qui parle bien. Pas comme toi avec ton R…

Angel leva les yeux au ciel.

— Il m'a demandé mon numéro et j'ai hésité genre 30 secondes et vu le bleu de ses yeux j'ai sorti les numéros assez rapidement en fait, je me rends compte là.

— Sympa… Mais ce mec il habite où ? Parce que Marseille-Carcassonne voilà quoi, ton truc ça va pas marcher, je ne veux pas casser l'ambiance.

— Ça va déjà, on s'est vu vite fait, tu vois autant je vais le voir ce soir et ça ne va pas le faire du tout, j'en sais rien en fait. Il habite à Paris en plus.

— Oh bah encore mieux !

— Allez arrête, et montre-moi ce que tu m'as préparé de joliiiie !

— D'accord, d'accord. Assieds-toi et ferme les yeux…

Julie jouait le jeu pour faire plaisir à sa copine qui semblait avoir 15 ans d'âge mental, mais en réalité ça l'amusait elle aussi.

Angélique arrive en faisant le bruit des trompettes.

— TUUTUTUTU ! Vas-y ouvre les yeux !

Julie ouvrit les yeux et s'émerveilla devant tant de… paillettes.

— EUHH, c'est super beau, mais je ne vais pas à un Bal non plus.

C'est un premier rencart.

— Bah justement, tu dois brillerrrrr !

Julie porta sa main sur ses yeux, gênée.

— Tu sais que j'aime la discrétion quand même.

— Oui c'est bien ton défaut d'ailleurs, toujours passer inaperçue à croire que tu voudrais des fringues à la couleur des murs comme ça tu es sûre que là on te verra pas trop.

— Oh t'exagères. Bon, montre-moi le pantalon alors.

— Il brille pas tant que ça. Il est beige avec un petit symbole de fleurs doré, c'est mignon et classe comme tu aimes.

— Oui tu as raison, c'est distingué. Avec un petit haut blanc, ça sera parfait.

— Attends je vais te le chercher avec une veste du tonnerre !

— Oui, vas-y doucement avec le tonnerre, prends plutôt une douce nuit hivernale.

— Mais que tu es drôle !

Les deux amies continuent par les essayages, conseils, coiffures, maquillages.

Elles s'amusaient vraiment ensemble et cela apaisait Julie avant son rendez-vous. Mais tout à coup elle s'arrêta et se demanda si elle devrait y aller.

Sa copine avait réussi à lui insérer un doute dans la tête avec cette histoire de couple à distance qui ne marche pas.

— Crois-tu que je devrais annuler finalement ? demanda-t-elle à Angélique.

— Alors vu que là il est 17 h le mec autant il est déjà en route pour venir ici ?

— C'est vrai il est certainement dans le train à cette heure-ci.

Je trouve ça fou en fait, tous ces kilomètres juste pour me voir quoi deux heures ? Ou trois à tout casser ?

— Tu vois c'est ça ton problème ! Pourquoi tu t'auto-sabotes comme ça ? Sois juste heureuse que ce mec, cet homme qui te plaît ait eu l'envie de venir de Paris pour toi ! Vois-tu la nuance ou pas ?

Angélique est une éternelle optimiste, elle tourne tout à la rigolade, elle a carrément lâché prise avec le drama, trop d'énergies perdues à son goût.

— Oui, mais va-t-il rester ? Je ne vais pas l'emmener chez moi ? Ça se trouve c'est un psychopathe !

222

— Évidemment, le mec, il a pris sa hache dans son sac, là il est dans le train et a déjà prévu l'heure de ton imminente mort dégoulinante de sang… moahaha.

— T'es chiiiannnte hein…

— Haha que tu stresses, ok, mais cesse de t'inventer une vie futuriste, vis le présent ma poule laisse-toi aller un peu. Ou sinon change ton futur merdique en un futur extatique alors !

La sonnette retentit au même moment !

— C'est MIIIIKE, hurla le jeune homme dehors. Tu me laisses entrer ? J'ai pris des pâtisseries à la fraise comme tu aimes ma chérie !

— Ma chérie ? se met à halluciner Julie. Sérieux j'ai failli tomber en arrière. Tu dis que c'est rien et lui t'appelle ma chérie !

— C'est bon ! Moi contrairement à toi, je ne planifie riennnnn !

Elle se précipita pour ouvrir à son nouvel amoureux.

Ils sont tous loin d'imaginer le futur qui les attend.

Personne ne savait réellement ce qui allait lui arriver, chacun essaie tant bien que mal de construire des projets, des activités, des fuites envers leur propre destinée.

C'est Benjamin qui avait compris cela en fermant la porte de sa voiture pour partir.

Le cœur en friche, ne sachant plus quoi se dire à lui-même, juste le néant. Ce qu'il croyait être sa fin de vie, médiocre sans avenir.

Il essayait de comprendre, mais son cerveau n'avait plus voulu essayer de se torturer.

Son esprit trouva la paix à la simple idée d'être présent, dans cette voiture, sur cette route, sans se poser la moindre question.

Mon âme sait.

Mon âme sait.

Mon âme sait.

Voilà la phrase qui résonna dans sa tête, une fois qu'il ait réussi à rester dans le silence absolu.

La réponse qu'il attendait, qu'il se casse la tête à se triturer le cerveau apparut quand il cessa le moindre effort de chercher à comprendre quoi que ce soit.

— Mon âme sait ? Qu'est-ce que ça veut dire ?

— Cela veut dire que tu n'as plus à te prendre la tête, laisse ton âme te guider, entendit-il.

Le hic c'est que le poste de radio est éteint et il est seul dans sa voiture.

Pris de stupeur, il freina et se gara au bord de la route.

Ses mains tremblèrent sur le volant sans raison.

Je n'ai pas envie de devenir fou à même pas 30 ans, se dit-il tout bas.

Il paniqua de ce phénomène inattendu.

— Je ne veux pas entendre de truc bizarre vous m'entendez ? Oh qui que vous soyez qui m'avez répondu, je vous prie de me laisser tranquille, c'est clair !

Benjamin croyait au surnaturel, mais ne voulait pas en faire partie.

Trop de films sombres avec des cadavres ambulants, la mort il aimait ça, mais parler à des morts c'est autre chose.

Je suis déjà assez taré comme ça et hors système alors si maintenant je perds la boule et que j'entends des voix. Ma vie est indéniablement foutue.

En réalité, ce n'était pas la première fois qu'il entendait quelqu'un lui parler, d'où sa panique, ce sursaut de déjà-vu et de panique de non contrôle.

— Je n'ai pas besoin que « mon âme me guide », dit-il en grognant.

Les délires de hippies, y a pas moyen. Moi je suis un Homme terre à terre et c'est tout je ne veux pas de ça, non, non, non, non.

Il pétait littéralement un câble et sortit de sa voiture.

Il décida de marcher un peu pour faire circuler sa peur, son refus, son rejet, sa honte de vivre ça à nouveau.

Il s'arrêta et reste bouche bée devant un panneau publicitaire avec une tulipe verte et un écriteau bien lisible :

« Te prends plus la tête Mec, laisse ton âme te guider. »

Avec un smiley avec les lunettes noires et le sourire enjoué. Il ne savait pas s'il devait rire ou pleurer.

Il voulut prendre ce panneau en photo, il se pinça déjà pour voir s'il ne dormait pas, il cligna les yeux plusieurs fois, il toucha même le panneau pour voir s'il était réel, s'il n'avait pas une hallucination.

Le panneau était bien solide.

Il prit la photo pour avoir un souvenir de ce moment si étrange.

Il se gratta le menton, sourit et retourna à sa voiture.

Il respira, mit ses cheveux en arrière, but une gorgée d'eau de sa bouteille laissée en vrac sur le siège passager.

Bon mon âme vas-y guide-moi puisque c'est plutôt clair, dit-il d'un ton détaché.

De toute façon, ça ne peut pas être pire…

Il passa la première, puis la seconde, puis ressentit une décharge dans la tête.

— WHoa ! Mais c'est quoi ce bordel ? JE VAIS MOURIR. C'est ça ? Mon âme va me guider vers la mort ? VOUS VENEZ ME CHERCHER ?

— Aie confiance… lui susurre une voix féminine à l'oreille.

— Confiance en quoi ? En qui ?

— L'univers te réserve de bonnes nouvelles… continua la mystérieuse voix qu'il entendait lui venir en tête.

— Bon je vais surtout m'arrêter parce que je crois que suis vraiment fatigué.

Il regarda sa montre 20 h 30.

Je vais manger un truc, c'est mieux.

Il s'arrêta à un fast food 10 km plus loin.

Il mit la musique pour mettre son attention sur du bruit.

Il se dit comme ça qu'il n'entendra rien d'autre.

Ce fut le cas, il écouta du Johnny Hallyday jusqu'à son arrêt pour manger.

Il prit un gros burger dégoulinant de sauce avec une grande portion de frite et une boisson gazeuse.

7777

Il croqua dans son burger avec jouissance.

Il mâcha et s'extasia de ce moment.

— Aaaah enfin de quoi me détendre !

Il festoya tout seul dans sa voiture, mais la pensée lui revient en tête de la décharge électrique qu'il avait reçue juste quelques minutes plus tôt.

À juste 30 ans je ne peux pas crever comme ça d'une crise cardiaque. Une crise cardiaque ? C'est le cœur, quel con !

La tête, qu'est-ce que c'est alors ?

Il pensa appeler un neurologue à ce moment-là quand un appel arriva à lui : sa mère.

Il prit le téléphone, vit le prénom de sa mère Monique, il se dit :

— Bah elle va m'achever, c'est quoi cette journée de merrrrde encore ?

— Alloooo ?

— Oui, maman pas utile de parler si fort !

— Aaah ahhh 3, 4 joyeuxx anniversaire, en chantant, joyeUUUX ANNIVERSAIRE Benji JOYEUX ANNIVERSAIIIRE !

— Ok merci merci merci, c'est gentil vraiment.

— Me dis pas que tu n'as pas remarqué que c'est le jour de ton anniversaire encore.

— Bah faut croire que si ! Il regarda l'écran de son téléphone et vit écrire **10 août 2024.**

— Toujours la tête dans les nuages mon chéri. Veux-tu venir ? Nous t'invitons à manger avec…

***

Julie était fébrile, Karl arriverait à la gare d'ici 1 heure de plus, elle se sentit mal même à l'idée de souffler ses bougies.

10 août 2024, une année de plus

— Et allez, on affiche le numéro 25 au compteur, c'est parti, je prends du kilométrage.

Elle se regarda dans le miroir, elle avait une couronne à paillettes sur la tête.

Elle tira la tronche : « MERCI ANGEL ! »

Toujours dans la discrétion.

Elle entendit le Klaxon devant chez elle et la voix de Mike se faire entendre.

— Tu descends Madame la bourgeoise ?

Elle n'avait pas un rond, mais avait l'allure d'une bourgeoise.

Elle arriva en trombe et répliqua :

— Je suis une femme qui a de l'élégance, nuance ! C'est sûr que toi avec ta casquette délavée à l'envers même le soir de mon anniv tu es au top de l'élégance.

— Tu m'aimes ? posa-t-il la question à Julie.

— Euuuh une question dont je n'ai pas la réponse.

Elle rigola en regardant Angélique assise à côté de lui.

Elle se mordit la bouche et n'arriva pas à lui répondre.

— C'est bon je sais que c'est oui alors tu me prends comme je suis madame j'ai 25 ans !

Allez attache ta ceinture, on va fêter ça !

— JE NE VEUX PAS ALLER AU PICHA MAMA, cria Angel.

— Pourquoi ? Moi j'adore, se mit à décrépir Julie.

— C'est bien pour ça que je dis ça ! Non Pas cette boîte de trou duc je peux pas supporter leur dégaine et la musique nan franchement !

— C'est mon anniversaire ! Pas celui de ta mère, chantonne Julie.

— De toute manière c'est moi le pilote les nanas alors on ira où je veux aller !

***

Benjamin lui n'avait pas envie de vexer sa mère, mais allait le faire quand même.

— En fait je suis pas dispo aujourd'hui, je me dirige vers ma nouvelle maison. J'ai décidé d'aller vivre en Espagne.

— Ah bon ? Dis donc, ça te fait un sacré voyage. Bon après c'est sûr que toi tu aimes voyager. Bon d'accord, je te laisse et surtout pense à moi de temps en temps. Tu es le bienvenu à la maison mon cœur.

— Merci mama.

Il raccrocha, écrivit sur son GPS, son itinéraire.

Votre position : il tapait Auvergne.

Choisir une destination : allez c'est parti pour l'Espagne, pourquoi j'ai dit ça ?

Il tapait Espagne. 16 h, euh 15 h 33 min avec les péages.

Bon… ainsi soit-il, un voyage de nuit le jour de mon anniversaire ça peut être sympa.

***

— Mike n'oublie pas de t'arrêter à la gare pour prendre Karl s'il te plaît, dit Julie anxieuse.

— Ah oui c'est vrai, il a bien choisi son jour celui-là, répond Mike.

— Mais c'est tellement romantique, jubile Angel. Tu imagines le mec, il vient le jour de son anniversaire, il fait tous ses kilomètres par amou…

— Ooooh on se détend Amour ça va toi tu t'emballes un peu vite, on s'est vu une fois. Et c'est le hasard qui a fait qu'il se pointe aujourd'hui.

— Tu es vraiment une tue-l'amour toi ! se démoralise Angel.

— On fait quoi on va direct à la gare du coup ? demande Mike.

— Bah oui c'est mieux, dit Julie.

— Attends on va prendre des bouteilles avant, sursaute Angel.

— Okkkk ! répondent Julie et Mike en chœur.

Ils s'arrêtèrent à un grand magasin, habillés en mode soirée. Ils respirèrent la jeunesse, ils étaient beaux et heureux. Une bande d'amis qui rayonnaient la vie.

— Oh Tom ! Regarde c'est Tom ? Angel !

— Shut, faut pas qu'il te voit lui.

— Mais j'ai des frissons rien que de le voir.

— Tu ne peux pas le laisser filer, vas-y !

— Mais y a Karl.

— Ettt Tom, hurla Mike !

— Oh merde, chuchota Angel. Ce n'est pas le timing parfait là, on doit tracer pour aller chercher Karl, je te rappel…

— Aahh oui, on s'en fout, lui dit-il en souriant.

— Heyyy les gars, qu'est-ce que vous faites là ? Ah oui c'est ton anniversaire Julie ! J'ai pensé à toi tout à l'heure.

— Ah oui ? se crispa Julie.

Elle piétina sur place, oui oui, merci.

— Bon on doit pas traîner, on est attendu hein, dit Angélique.

— D'accord, répondit Tom d'un ton délicat en ne lâchant pas du regard Julie.

— Bah viens avec nous mon gars ! Tu as un truc de prévu ce soir ?

Le visage des filles se déforme, la bouche en o.

— Ouais je veux bien vous suivre pourquoi pas, ça fait un bail que je ne suis pas parti en soirée avec vous et puis c'est l'anniversaire de Julie comment refuser…

— Ohlalala, dit doucement Julie en regardant Angélique.

— Bon bah on y va, rayons bouteilles, on doit aller chercher quelqu'un à la gare, faut se magner un peu.

***

Ben était sur le trajet quand il se rendit compte qu'il n'avait plus d'essence.

Il s'arrête à la station d'autoroute.

Une fois garé, il prit le temps d'éteindre le poste radio, mit ses gants et sortit dans l'idée de se prendre un café à la machine du magasin.

Moi d'abord, se dit-il.

Il était minuit.

Il était quand même fatigué et se questionnait à savoir s'il voulait continuer de rouler ou s'arrêter dormir.

Dormir dans ma voiture ou à l'hôtel ? Je ne suis pas prêt d'arriver si je m'arrête si souvent. Après tout j'ai tout mon temps.

Il enleva ses gants, choisit son café, appuya sur le bouton de la machine, se détendit, apprécia le fait qu'il allait pouvoir prendre un moment de pause.

Il s'assit à une table. Cela apaisa tout son corps. Il apporta son gobelet à sa bouche et inhala l'odeur.

Tout son corps frémit. Il but et profita de ce moment à lui sans rien autour pour lui prendre la tête.

Il aimait cette vie de nomade. Il se sentait libre.

Il décida de regarder son compte en banque sur son application de téléphone.

Il vit affiché : « +500 ».

— Ok je ne vais pas aller loin avec ça.

Il sourit pourtant.

Il était heureux. Il se disait que tout était possible et la pancarte qui revenait en flash dans sa tête lui avait bien signalé de ne pas se prendre la tête.

« NE PAS SE PRENDRE LA TÊTE »

Voici ma nouvelle devise ? Je valide.

Il rangea son téléphone, remit ses gants et se rendit à la station-service.

Il mit de l'essence dans sa voiture.

Sa voiture était un vieux Chevrolet marron.

Il avait direct été l'acheté après l'avoir vu en dépôt-vente devant le magasin de sport à proximité de chez lui.

À première vue, c'est un taco, mais moi j'adore, avait-il pensé.

Il aimait rouler dans cette voiture. Il se sentait bien.

— Allez le plein est fait, c'est reparti…

Il allumait les phares et s'amusait à les faire clignoter comme un gosse.

Il reprit son sérieux et s'inséra à nouveau sur l'autoroute.

Quand j'en aurai marre, je m'arrêterai dormir.

La nuit, il n'y a pratiquement personne sur la route. Il pouvait rouler à l'allure qu'il voulait, il y avait juste les camions.

Le ciel était dégagé, aucune étoile, et aucun nuage.

J'ai faim, se dit-il surpris…

Mince j'ai même pas pensé à m'acheter à manger.

Oui il n'a pas dîné.

Je ne me suis même pas fait un repas d'anniversaire aujourd'hui.

Il soupire.

25 ans. J'ai juste l'impression d'en avoir 40 c'est étrange comme sensation.

Physiquement non, c'était plus l'état d'esprit, la conscience dirons-nous.

Il voyait une lueur blanche dans le ciel au même moment.

Peut-être qu'un avion était passé et avait laissé une trace de fumée.

Ah oui, plus de prises de tête. Tiens je vais essayer à partir de maintenant de ne plus rien décortiquer mentalement.

Il se faisait un check tout seul.

Il riait, et se disait, *je vais quand même garder les mains sur le volant c'est plus judicieux. Pourquoi pas juste voir, juste regarder, sans réagir… hum hum… je vais essayer.*

***

4 h, Julie était dépitée.

Assise sur un banc devant la boîte, le regard dans le vide, elle ne savait plus, qui elle était.

Ivre ?

Même pas.

C'est bien pour cela qu'elle se sentait perdue.

Retour en arrière…

21 h 30. Gare de Carcassonne.

Karl descendit du train.

Julie était la seule à être allée l'accueillir pour l'effet de romantisme qu'Angel avait insisté, *elle m'avait carrément jeté de la voiture oui.*

Tétanisée, j'étais là sur le quai, à me dire que dans la voiture il y a Tom, et là Karl qui arrive.

Je suis dans la merde. Elle rougit. (Si vous avez déjà vécu ça, envoyez-moi un conseil, mon numéro c'est le 06.32.15…)

La cloche sonnait pour l'annonce de l'arrivée des trains…

Elle se grattait le visage, essayait de se recoiffer, de mettre sa tenue à jour.

Le train arrivait avec le vent qui l'accompagne.

L'adrénaline était là pour Julie. Elle ne savait même pas si elle allait se sentir à l'aise avec lui ; après tout ils s'étaient vus genre allez 15 min à une soirée et il faisait sombre, elle avait bu. Elle commençait à flipper.

Autant je ne vais pas le reconnaître…

Son téléphone sonna, un message, elle ouvrit, c'était Angel.

Elle lit : **« PEACE MA SŒUR ET S'IL EST MOCHE ON LE PERDRA EN BOÎTE TKT ! »**

Elle rigola et ce message lui redonna l'énergie positive pour affronter la foule de gens qui arrivèrent sur elle.

Elle essaya de repérer Karl.

Et rien. Puis finalement après s'être fait bousculer par 10 gosses et 3 grands-mères, elle vit Karl.

Ça frétillait dans son ventre, mais de joie bizarrement.

Elle le trouvait très beau, très élégant.

Il prenait soin de lui, il était grand avec de beaux habits bien ordonnés et propres.

« Belle surprise » clignota dans sa tête.

Karl se rapprocha d'elle avec le sourire éclatant.

Tout se passait bien jusqu'à ce que… les retrouvailles avec ses amis + Tom arrivent.

Tom et elle n'avaient pas vécu d'histoire d'amour, mais c'est pire, car du coup elle ne savait pas ce que cela aurait donné ?

Elle se retrouvait donc dans la Clio de Mike avec Tom à sa gauche et Karl à sa droite (youpi).

Angélique était morte de rire, mais resta discrète. La regardait à nouveau et chantait :

— Joyeux anniversaire ! En riant.

Julie tira une grimace à sa copine du style « SOS sors-moi de là… »

Maintenant il était 2 h, ils dansaient tous ensemble, c'était génial mode paillettes et confettis enclenché.

Et puis, en se retrouvant seule un instant, Julie avait déclenché une crise d'angoisse.

Prise de cette sensation dévastatrice, elle décida de se réfugier dans les toilettes des femmes.

— Pourquoi, je ressens ça alors que tout va bien ?

Cette sensation de perdre ses moyens s'amplifia, elle se sentait mal dans l'espace restreint dans lequel elle se trouvait. Au fond d'elle, elle souhaitait fuir.

Mais une main se posa sur son épaule, Julie regardait par terre face aux lavabos et cette main apaisante sur son épaule était une étrangère.

Julie regarda cette jeune fille et surprise ne dit rien, mais apprécia le geste.

Étonnement, aucune des deux ne prononça un mot, elles se regardèrent et se comprirent.

L'inconnu transférait une émotion de soutien bienveillante à Julie, ce qui permit à la crise d'angoisse de s'envoler et Julie revint à la réalité.

Elle avait été envahie intérieurement par cette vague qui lui avait fait perdre la notion de ce qui se passait réellement autour d'elle.

Sans raison ou déclencheur apparent…

Elle se mit légèrement de l'eau sur le visage pour ne pas dénaturer son maquillage.

Elle sentit un sentiment de reconnaissance envers cette nana d'apparence frivole qui lui avait permis de retrouver la paix en si peu de temps et si facilement.

Elle ne savait pas à ce moment-là que son corps lui avait parlé.

Que ni Tom ni Karl ne lui apporterait l'amour tant attendu.

Mais elle ne le savait pas encore.

Elle retourna à la fête sans dire ce qui s'était passé dans les toilettes.

Elle se força à reprendre l'esprit de la fête en essayant de séduire au mieux les hommes de la soirée.

Elle n'avait pas envie de boire de l'alcool. Tout le monde lui avait sorti la vanne qu'elle était enceinte, mais non…

Elle se mit à penser que sa crise d'angoisse était peut-être liée à son avortement, qu'elle le regrettait peut-être… mais après elle se dit que non. Elle ne voulait pas être mère. *Mais ne pas être mère, ça veut dire que je vais être quoi alors ? Ma vie professionnelle est un désastre, je ne prends aucun plaisir.*

Je ne suis pas ambitieuse ni rêveuse ni…

Angel la sortit de ses pensées en arrivant vers elle en sautillant sur le rythme de la musique aqua babe.

— Mais c'est quoi cette tête ? chanta Angel.

— Je ne sais pas, mais ce soir j'ai du mal.

— Quoi ? Je n'ai pas tout entendu…

Mike arriva derrière Angel, la prit dans ses bras et l'embrassa en mettant la main dans ses cheveux.

Les odeurs dérangeaient Julie, elle n'arrivait plus à respirer et là Karl se dirigea vers elle.

— OH nan… chuchota Julie.

— Hey jolie princesse !

Oh my god, je ne vais pas y arriver, pensait Julie.

Elle se contentait de sourire, la bouche pincée.

— Dis-moi ce soir je peux dormir chez toi ou je dois me trouver un autre endroit parce que vu l'heure ? demanda Karl.

— Ah, nan ne t'inquiète pas, si tu veux tu peux dormir sur mon canapé, je ne vais pas te laisser dehors quand même.

Elle reprit sa paille dans sa bouche.

Il se rapprocha du verre pour le sentir.

— Tu bois du jus d'orange ? s'offusqua Karl.

— Oui, répondit timidement, mais de façon mignonne Julie.

— Ok, bon merci de m'héberger, mais tu es sûre que ça ne te dérange pas, car je vois que l'on est pas très proche ce soir…

— C'est que nous sommes entourés de beaucoup de monde et le contexte est différent.

Julie essayait de le rassurer, mais Karl sentait bien que Julie était distante et pas tellement dans la séduction avec lui.

Il en était de même pour Tom, surtout que lui ne se gênait pas de danser avec la jolie Stéphanie, une connaissance à Julie qu'elle n'affectionnait pas tellement.

L'ambiance était au top, mais Julie vivait une redescente toute seule, en pensant même *qu'est-ce que je fais là ?*

Ce fut précisément quand elle regarda la scène autour d'elle qu'elle vit un arrêt sur image.

Même sa façon d'être habillée, elle ne se sentait pas elle-même l'impression d'être déguisée vulgairement.

Elle prit son courage à deux mains et décida de sortir dehors toute seule.

C'est là qu'elle se retrouva à 4 h sur le banc, dépitée.

Elle posa sa tête dans sa main, resta figée dans le néant.

***

6 h

Ben décida de s'arrêter dormir.

— Je vais être complètement décalé, mais bon…

À peu près 10 h de route déjà…

Il se sentit fier de lui, mais était complètement exténué.

Il s'endormit carrément dans sa voiture sur le parking d'un supermarché.

Un enfant se mit à rire en voyant la tête de Ben endormi la bouche à moitié ouverte à travers sa vitre :

— Regarde Maman, le monsieur il bave hahaha.

Ben n'entendait rien du tout.

Plusieurs passants furent étonnés de le voir endormi sans retenue publiquement.

Certains le prirent bien et d'autre mal. C'est assez marrant de voir que les gens pensent avoir un pouvoir de décisions sur les autres.

— Ohlala, mais quelle honte ! soupira une grand-mère.

Pourquoi elle disait cela au final ?

Qu'est-ce qu'elle avait à dire ?

« MELLE TOI DE TES FESSES OUI »

Ben se réveilla justement. Et la vieille femme sursauta gênée de le voir se rendre compte qu'il était épié.

Il se dit… Oui ? Tu veux ma photo mémé ?

Il réalisa où il était, il découvrit le décor extérieur inconnu.

Il aimait voir des paysages pour la première fois. Il trouve cela dommage que les gens voyaient toujours les mêmes paysages tout au long de leur vie alors que la terre est remplie de merveilles à voir, à sentir, à toucher…

Bon Madrid m'attend…

Encore un chemin à parcourir, il décida de sortir faire des courses pour manger et se rafraîchir.

Il se respira sous les bras et tira une moue pour dire que ça passait encore jusqu'à son arrivée en Espagne.

Il sortit de sa voiture, respira l'air frais, s'étira, prit son temps pour marcher tranquillement jusqu'à l'entrée du magasin.

Il se demanda s'il allait se prendre un sandwich ou s'il voulait un plat cuisiné, il remarquait même pas qu'il y avait des restaurants dans la galerie.

Ni une ni deux, il se mit dans la file pour prendre une place au restaurant.

Une femme de petite taille arriva vers lui pour lui demander l'heure.

Il répondit naturellement sans se poser de questions. Elle dit merci et disparut.

Il s'avança dans le restaurant et prit place grâce à la réceptionniste.

Il regarda sa montre 12 h 12.

Il était content à l'idée de manger un bon plat chaud sachant qu'il n'avait pas festoyé comme il se devait depuis la veille.

Il prit donc un grand repas bien consistant et succulent.

Il prit son temps. Autour de lui, des familles se restaurèrent aussi.

La petite fille de la table lui fit une petite mimique rigolote.

Il se sentit privilégié de cette attention particulière.

Il but une gorgée d'eau et se sentit vraiment béni.

Il vécut plein d'aventures. Il avait toujours cherché à fuir une vie ordinaire, car il se sentait étouffé ou emprisonné dans une vie faite de sacrifices et de cinéma.

Mais en voyant cette famille saine et heureuse, il se dit qu'autant il s'était cherché des excuses, car il avait peur tout simplement de se laisser aimer.

Être avec des personnes qu'il aimait, il aimait ça, mais à petites doses.

Puis finalement il se dit pourquoi à petites doses ?

Il essaya de se rappeler quand il avait donné son dernier baiser d'amour à une femme qui l'aimait en retour.

Il ne savait plus.

***

Julie était rentrée chez elle.

Elle appelait Angélique sur son téléphone à 6 h avec l'espoir qu'elle réponde.

Avec la musique, ce n'était pas gagné.

Par chance, elle avait répondu (ce n'est pas pour rien que nous l'appelons la phone addict).

Angel eut du mal à lui expédier Karl qui était introuvable.

Effectivement il avait bel et bien disparu. Le mec s'était barré en voyant qu'avec Julie ça avait fait un flop. Il avait vite détourné son regard sur une jolie brune de la boîte et était parti avec elle.

Ce qui, au final, avait été tout bénef pour Julie. Cela lui avait évité de faire la charité.

Et Tom ?

Pareil, il avait fini la nuit avec Stéphanie.

Résultat DEUX mecs au départ pour au final Zéro !

Surtout de voir qu'ils étaient partis tous les deux avec des nanas sans scrupules alors qu'elle était là… enfin plus ou moins là.

Elle était contente de rentrer chez elle avec Angélique et Mike, ses potes de toujours.

Ils avaient voulu la garder avec eux, mais elle avait besoin de se retrouver seule.

13 h 56

Elle se réveillait pas en super forme quand la soirée lui remonta à l'esprit.

Mais elle choisit de ne pas se laisser apitoyer encore et revivre la soirée qui avait été à moitié pénible.

Elle décida de vivre pour elle sa journée en pyjama. En totale détente, elle se fit un chocolat, les cheveux en bataille.

Aujourd'hui c'est ma journée OFF, c'est officiel.

Au lieu d'aller sur les réseaux sociaux, elle éteignit son téléphone.

Elle s'installa avec son chocolat chaud, sa brioche.

Elle se sentit parfaitement bien. Elle sourit et dit merci.

C'est parti pour une journée de bonheur.

Elle sortit prendre l'air après une bonne douche chaude.

Elle sortit pour la première fois juste pour prendre l'air sans destination ou sans achat à faire.

Elle se surprit à avoir oublié son téléphone. Elle s'arrêta devant les vitrines pour prendre le temps de regarder les articles, elle se fit une aprèm, balade dans le centre-ville.

Et puis rapidement elle entendit crier derrière elle…

— Jujuuuu !

— OOH nan, ça recommence. Elle se retourna avec le sourire.

— Comme ça fait longtemmmpppps !

Sa cousine la serra dans ses bras.

— Oui c'est vrai, tu as raison.

— Tu racontes quoi de beau alors ? demanda Sophia sa cousine.

— Hummm…

— Tu joues la mystérieuse comme d'habitude, moi ma vie est géniale je suis mariée, tu savais ? Ça fait 3 ans et bientôt maman (elle ouvrit son manteau et montre son ventre arrondi).

— Oh ! Ohh ! Euh félicitations ! Waouh dire que je te vois encore à courir dans le jardin avec tes tresses et ta poupée à la main.

7777

Le temps passe vite.

— Ooh, ça va en fait j'ai 23 ans tranquille quoi. Mariée à 20 ans et à 24 ans maman, je m'en sors plutôt pas mal, je trouve. En plus mon travail, je l'adore, je suis fleuriste donc parfait quoi. Et toi alors ?

— Écoute, déjà je suis très contente pour toi. Tu as bonne mine, ça fait plaisir à voir. Et sinon je suis désolée, je dois vraiment partir, j'ai rendez-vous au dentiste.

— Aaaah mince, une carie ?

— Non, un détartrage classique quoi, un petit nettoyage de la bouche qui va bien, rétorqua Julie chamboulée, mais fière de sa répartie assez rapide, se rend-elle compte. Te fatigue pas plus longtemps, je vais prendre à droite.

— Ok. À bientôt alors, on s'appelle !

Julie lui fit un signe de la tête comme un hochement de validation et prit la rue la plus proche pour se défiler.

Elle marcha quelques pas et continua sa lancée jusqu'à un banc.

Elle se dit qu'en ce moment elle aimait s'asseoir sur des bancs. Étrange constat.

D'habitude c'est plus mon canapé. Apparemment j'ai besoin d'air.

Et il faut que Sophia déboule... Encore un message que je suis une retardée, attardée, je ne sais même pas comment on dit...

En même temps elle était vraiment belle, même resplendissante. Je suis heureuse pour elle et son ventre arrondi c'est très joli.

J'en ai marre de ma vie, se dit-elle.

Qu'est-ce qui cloche chez moi pour ne pas avoir la vie parfaite et ordinaire comme tout le monde ?

2 secondes après elle entendit :

— Fantasia, Fantasiaaaa... Venez voir le spectacle unique ! Ce Soir 20 h sur la place du marché ! Venez déguisé, ohééé ohéééé...

Elle se pencha la tête en arrière et décida d'aller s'acheter un costume.

— Je veux être une fée et puis c'est tout !

Elle hésita à appeler Angel pour l'inviter, mais elle choisit de vivre ça seule.

Elle s'amusa à choisir sa tenue, son maquillage...

Et continua sa ballade dans les boutiques.

Elle se fit plaisir à s'acheter des cosmétiques, et de belles chaussures.

Elle rentra, se prit une douche, mangea et s'apprêta pour le spectacle.

Une fois finie, elle se regarda dans la glace en fée et elle répondit à sa question précédente, *Voilà pourquoi je n'ai pas une vie ordinaire : je suis une Fée.*

Croki acquiesça en s'allongeant devant elle pour qu'elle lui caresse le ventre.

***

Benjamin chercha Madrid sur les panneaux de signalisation, car son GPS ne voulait plus s'allumer. Et son réseau internet de téléphone apparemment n'avait pas envie de l'aider.

Il était un homme calme quand il conduisait, enfin il aimait chanter à tue-tête et crier sur les autres conducteurs quand il estimait qu'ils faisaient n'importe quoi.

Le plus fou, c'est qu'il se rendit compte qu'il arrivait sur Madrid sans savoir pourquoi il était venu ici.

Il aimait voir les panneaux dans d'autres langues.

Il aimait la diversité.

Mais il aurait aimé partager son excitation avec quelqu'un.

Maintenant il cherchait un gîte pour s'installer plusieurs jours.

Il avait envie de cesser la voiture quelque temps.

Il vit un Musée. Cela l'inspirait, il savait qu'un jour lui-même afficherait ses œuvres dans une galerie. Durant ses voyages en mer, il prenait des photos. Il gardait sa préférée dans sa poche, celle d'une Baleine, elle était rare et précieuse pour lui.

Il repérait au loin un Gîte et s'empressa de se garer devant pour enfin se reposer.

Mine de rien le voyage avait été long.

Juste s'allonger sur un bon lit et surtout prendre une douche, voilà quels étaient ses désirs actuels.

— Tout se passe bien pour vous ? demanda le service de chambre.

— Si, perfectooooo ! s'amusa à répondre Benjamin.

Il nota dans son calepin le nom de l'hôtel pour se repérer :

« APARTAMENTOS CAVA BAJA

C.de Grafal, 4, 28 005

Madrid, Espagne »

C'est un Hôtel 4 étoiles très moderne, et mon élément préféré est la tête de Guépard sur un mur. Je suis resté ébahi devant.

Il décida de prendre une douche et de rester la soirée sur son lit pour se reposer.

Pendant ce temps-là, Julie était une fée sur la place Carnot à Carcassonne.

Elle se laissait porter par l'ambiance festive. Tout le monde avait participé avec leurs déguisements.

— C'est super chouette ! s'émerveilla Julie.

Elle regarda tout autour d'elle et écouta la musique environnante.

Le spectacle allait commencer, elle se dirigea vers une place assise pour apprécier davantage la vue sur la scène.

Il faisait bon, elle avait quand même amené un gilet pour se protéger du froid.

Un homme se dirigea vers elle et passa devant elle sans la toucher.

Elle regarda et ne dit rien. Cet homme charmant s'assit à côté d'une dame âgée.

Elle lui esquissa un sourire quand une femme et deux enfants les rejoints sur le banc.

Julie gênée tourna la tête et se dit :

— Je vais fixer que la scène… Elle rougit en même temps.

Et puis là un homme sympa se mit à côté d'elle.

Elle ne quitta pas pour autant la scène des yeux.

Il essaya quand même d'attirer son attention.

Elle ne bougea pas la tête, mais tourna son regard sur la droite en espérant ne pas être vue.

Raté ! Elle se trouvait les yeux dans les yeux avec le mec qui voulait se faire remarquer.

Elle sourit, on se demande si ce n'était pas un sourire mais plutôt une grimace figée.

Ils se mirent à rire tous les deux.

— Salut, je suis Jean.

Il lui tendit sa main pour lui serrer la sienne.

Julie étonnée lui répondit :

— Je m'appelle Julie, bonsoir.

Et lui donna sa main.

Les lumières de la scène changèrent et des enfants commencèrent à s'y installer pour le début du show.

Ils se lâchèrent les mains et Julie essaya de regarder si autour de lui il y avait quelqu'un, mais non il n'y avait personne.

Jean avait remarqué son intention et était ravi.

— Tu habites ici ? demanda Julie.

— Non, je suis de passage, dit clairement Jean.

— Ah voilà pourquoi je ne t'ai jamais vu avant, se surprit-elle à répondre.

— Moi je t'ai déjà vu, répondit, sans hésitation Jean.

— Ah oui où ça ? fit les yeux ronds Julie.

— Dans mes rêves… répondit Jean.

— Hahaaaaa ! lui tira la langue Julie.

Le spectacle commençait et c'était flamboyant.

Chapitre 8
Bienvenue dans la vie

Ben se réveilla heureux, il se dit que tout était possible ici, la nouveauté était à sa portée.

Il se rendit compte qu'il allait réaliser ses rêves.

La veille au soir, il avait visualisé sa propre galerie photos.

Il regardait ses économies et décida de louer un local.

Il partit donc dans les rues, attentif aux espaces à louer…

Et bien évidemment, il profitait en tant que touriste pour découvrir les monuments, les structures, les gens qui sont ici.

Il s'installa pour prendre un café et regarder dans un journal acheté au magasin de journaux.

Il regarda pour trouver un job et un local…

Employé dans un café ?

Employé dans un…

— Excusez-moi Monsieur, vous parlez français ? demanda Justine la serveuse.

— Oui, pourquoi ?

— Je crois que vous avez oublié ceci sur le comptoir tout à l'heure.

Elle lui tendit un appareil photo de professionnel.

Vraiment surpris, Ben répondit que non, cet objet n'était pas le sien.

La serveuse, retournait voir son patron et c'est le patron lui-même qui vint vers Benjamin.

— Buenos dias senor ! Voyant que c'était un Français, il se mit à parler français avec son accent. Je vous prie de prendre cet objet, cela nous fait plaisir. Une dame l'a déposé ici et a dit que c'était à vous.

— Merci, elle a dû me prendre pour quelqu'un d'autre, je pense.

— Vous vous appelez Benjamin ?

— Oui, répondit Ben sans savoir comment réagir.

— Donc c'est bien vous.

4444

— Prenez-le, j'ai autre chose à faire mon grand.

Ben prit l'appareil sonné et le patron retourna à sa cuisine.

Benjamin ausculta l'appareil photo, c'était un bijou d'une qualité extraordinaire.

Il n'en revenait pas. Qui était cette dame ? C'est la première fois qu'il mettait les pieds ici.

Il était prêt l'appareil à être utilisé avec la pellicule neuve tout.

Il avala son café, mit son journal dans sa poche, mit des pièces pour le café sur la table et se leva.

Il avait l'appareil dans les mains et décida de passer la journée à l'utiliser.

Il avait imaginé sa galerie la veille, il chercha un job et un local aujourd'hui et l'univers lui donnait ce cadeau inattendu pour que le miracle prenne vie.

Je crois que Benjamin n'a pas été aussi heureux depuis très très longtemps.

Il était léger et épanoui de prendre des photos comme l'artiste qu'il est.

***

Julie, elle, était tombée sous le charme de Jean au premier regard.

Ils étaient restés assis à côté l'un de l'autre jusqu'à la fin du spectacle et même une fois fini, ils ne voulaient pas se lever, pas se séparer.

Une fusion s'était créée entre eux naturellement comme deux enfants qui s'étaient retrouvés sur les bancs de l'école après des années d'absence.

Elle ne l'avait jamais vu et sa sensation était comme des retrouvailles.

Il était drôle et mignon et elle se sentait à sa place avec lui.

Pas en démonstration pour être une femme à aimer.

Elle lui demandait toutefois quand allait-il repartir en pensant que son rêve allait prendre fin immédiatement et sa réponse la fit sourire comme une enfant de 10 ans à qui l'on donne l'autorisation de vivre sa meilleure vie.

Sa réponse fut :

— Jamais.

Elle lui sourit et ils partirent ensemble dans la nuit.

Le même jour, Benjamin se réalisa professionnellement avec la rencontre de son appareil et Julie se réalisa amoureusement avec la rencontre de Jean.

Leur rêve en commun était de se réaliser à partir de rien et là on peut dire que c'est exactement ce qui s'était passé.

Julie était venue à cette soirée seule sans attente et elle retrouvait l'amour de sa vie.

Ben, lui, était venu en Espagne sans savoir pourquoi et il se retrouvait à s'épanouir au niveau pro et artistique.

Deux destins, deux naissances le même jour et des événements importants au même moment même s'ils ne sont pas aux mêmes endroits.

Intéressant n'est-ce pas ?

Et vous pendant que vous êtes en train de lire ces lignes, peut-être que quelqu'un ou quelque chose est connecté à vous et vous attend quelque part.

Chapitre 9
Harmonie quand tu nous tiens

Julie ne s'est jamais décrochée de son Jean, elle est enceinte de lui un an après le spectacle forme de fée.

Elle se regarde enceinte dans le miroir et n'en revient pas. Elle qui ne voulait pas d'enfants a fondu comme glace au soleil à la demande de Jean de fonder une famille avec lui.

Ils sont amoureux, heureux, épanouis. Ils se supportent en cas de coup dur et acceptent autant la lumière que l'ombre de l'autre.

Ils se respectent et s'adorent. Julie a gardé son costume de fée en souvenir marquant de leur première rencontre. Lui était en Pirate. Une bénédiction pour ces deux personnes qui étaient enfin prêtes à se retrouver.

Julie vit enfin une relation amoureuse stable et réelle pour la première fois de sa vie. Elle se sent en confiance et accepte d'être entièrement elle-même avec Jean.

Elle se demande même parfois pourquoi il reste, vu toutes les fois où elle crise pour des situations qui la stressent, surtout quand cela concerne les changements, car oui bien évidemment elle a trouvé la carrière de sa vie aussi.

Banquière. Et oui elle se sent parfaitement bien avec ce statut. Elle peut enfin s'habiller classe et se tenir avec toute son élégance qu'elle aime tant.

Elle voit toujours ses amis qui ne sont plus ensemble d'ailleurs, car ils ont compris mutuellement qu'ils jouaient aux enfants, car ils avaient peur de leur propre avenir.

Angel est partie à Londres, a intégré une comédie musicale et oui, pas surprenant, tellement d'énergies à donner.

Je lui ai promis qu'elle serait la marraine de notre enfant.

Elle a sauté au plafond quand je lui ai dit. D'ailleurs, je suis contente, car elle et Jean s'adorent.

Mike lui est reparti vivre en Ardèche. Il aime la nature et continue de vivre sa vie comme il souhaite, nous avons décidé de se voir à des dates clés comme les vieux.

Bon je vous laisse y a Jean qui a envie de moi… Hahaha.

***

Chapitre 10
Destins entremêlés à jamais

Benjamin lui s'est vite fait repérer en Espagne pour son talent.

Il a rencontré devinez qui ?

EH OUI !

La Wonder woman de Carcassonne !

Excellent, n'est-ce pas ?

À un congrès, elle était là. Dans une robe à tomber par terre.

Je suis tombé fou d'amour pour elle.

La première fois que je l'avais vue, j'ai cru à un fantasme, mais là la deuxième fois j'ai cru à ma destinée.

J'ai su en la voyant que c'était elle ma femme.

Je ne savais pas si cela était réciproque, mais bizarrement c'est moi qui l'ai fait galérer un peu sans le vouloir bien sûr. Quoique ?

Avec le recul...

Peut-être un peu...

J'étais vraiment focus sur mon art. Tout se matérialise comme par magie. Les anges étaient au rendez-vous.

J'ai vraiment ouvert ma Galerie Photos à Madrid, vous rendez-vous compte ?

Et aujourd'hui 5 ans après je suis père de deux filles. Une qui me tire la langue exactement comme celle de la cafétéria.

Et il a bien conçu des citrouilles d'Halloween avec elles quelques années plus tard.

Il est devenu la référence des photographes reconnus en Espagne, en Allemagne et en France. Il est prospère et a réalisé ses rêves cachés au fond de son cœur.

Lui qui aimait être seul dans le noir et l'adrénaline a finalement trouvé son refuge doré avec sa tribu d'amour.

Il s'est fait à partir de rien.

De partir de rien, là est notre destinée.

Imprimé en Allemagne
Achevé d'imprimer en mars 2024
Dépôt légal : mars 2024

Pour

Le Lys Bleu Éditions
40, rue du Louvre
75001 Paris